悪魔のカメラで催眠支配！
ツンツン同級生も新体操部も先生も

河里一伸

illustration© 有末つかさ

えすかれ
美少女文庫
FRANCE SHOIN

プロローグ　写真部、廃部!?

「というわけで、今度の文化祭でちゃんとした活動実績を示せない場合、写真部は廃部になります」

　スーツ姿の美人教師から、穏やかな口調で、しかしあまりにも突然の宣告を受けて、写真部の部室にいた服部健太《はっとりけんた》は呆然とするしかなかった。

「そんな……いくらなんでも、急すぎじゃ？」

「今までが甘すぎたのよ！　だいたい、あんたみたいな痴漢一人だけの部活なんて、存在させておくほうが問題じゃない！」

　反論しようとした健太に対して、女教師のすぐ横にいた、見るからに気の強そうなテニスウエア姿の美少女が、厳しい言葉を浴びせてくる。

　彼女は若宮朱乃《わかみやあけの》と言い、少年のクラスメイトである。だが、同じクラスとはいえ、健太はこの少女からとことん嫌われていた。

「あのね、服部先輩？　写真部に限らないんだけど、文化祭でちゃんと実績を作れば、廃部にはならないんだよ」

朱乃のすぐ後ろにいた、制服姿でサイドテールが印象的な美少女が、笑みを浮かべながらフォローするように言う。

「そうね、紫乃《しの》さんの言う通り。本来なら、部員が一人しかいない部は問答無用で潰したかったのよ。けれども、きちんとした活動実績を見せれば廃部にしない、としたのは、学校側の温情なの。わかるかしら？」

と、美人教師が付け加える。

（うう……義理とはいえ、さすがは親子。息を合わせて責めてくるな）

健太は、内心で頭を抱えていた。

二年生の若宮朱乃と一年生の若宮紫乃は、血のつながった姉妹である。ただ、学年は一つ違いなものの、五月生まれの朱乃と三月生まれの紫乃では、二歳近い年齢差がある。

そして、体育教師でもある若宮真巳子《まみこ》は、彼女たちの父親と四年前に結婚した、義理の母親だった。

美人教師が、義娘のことを「さん」付けで他人行儀に呼んだのは、ここが学校で健太の、と言うより他の生徒の前だからである。

ボブカットと言ってもいいようなミディアムヘアと、見るからに生真面目そうな顔立ちの通り、真巳子は温和ながら非常に真面目な性格をしていた。

そのため、学校内では「教師と生徒」という立場の違いを意識して、義娘たちへの態度を意識的に変えているらしい。もっとも、こうして三人で一緒に写真部の部室まで来たのは、どこかに身内への甘さがあるからに違いあるまいが。

それにしても、血縁がないとはいえ四年間も一つ屋根の下で暮らし、しかも家族関係が良好となると、実に息の合ったコンビネーションでこちらを追いつめてくる。

（とはいえ、写真部にまともな活動実績がないのも事実だし……）

私立流桜《りゅうおう》館高校は、五年前に女子校から共学校に変わったのだが、今でも男女比はおおよそ二対八と女子が圧倒的に多い。

また、偏差値は六十前後で、そこそこの大学進学率を誇るものの、女子校の頃からどちらかと言うと運動部のほうが活発で、文化部の活動は低調だった。

写真部は女子校時代からあったらしいが、その頃から現在に至るまで文化部のご多分に洩れず、大した活動をしていなかった。

そして、共学になってからは女子部員もいなくなり、上級生がいる頃も部室でカメラ談義を含む雑談ばかりしていて、外に撮影に出たことも数えるほどしかなかった。

もちろん、写真コンテストなどに応募したことすらない。

加えて、上級生が夏休み前にさっさと引退し、同級生も下級生も入部しなかったため、今では部員が健太だけだ。これでは、廃部の候補に挙げられても仕方があるまい。

（だけど、きっとこれは真巳子先生が顧問の水泳部と、朱乃ちゃんがいるテニス部、それに紫乃ちゃんがいる新体操部にお金をまわそう、ってことなんだろうな）

健太は、そう推理していた。

なにしろ、一年生のときからテニス部のエースの朱乃は二年生の今年、シングルスで全国大会に出場したのである。結果は二回戦負けだったものの、女子校時代を含めて学校創立以来初となる全国大会出場を果たしたのだから、これは快挙と言っていい。

紫乃も昨夏、全国中学生大会に出場して個人総合で十位に入った実績を持っていた。高校生になった今年は、県予選で大きなミスをして全国大会出場を逃したものの、新体操部の新たなエースとして期待されている。

そして、真巳子が顧問とコーチを務める水泳部は、夏の大会では全国大会こそ逃したが、リレーと自由形と背泳ぎで県予選の決勝に進んだ。そのため、早くも来年に期待する声があがっている。

今回、写真部を含めて部員数が三人以下で活動実績がない文化部を廃部にする、という方針が打ち出されたのも、限りある予算を実績のある運動部の強化に使ったほうがいい、という判断に違いあるまい。

（だけど、写真部が廃部になったら、カメラを学校に持ってくることもできなくなるし、女の子の写真を本当に撮れなくなっちゃうぞ。ただでさえ、僕はみんなからは敬遠されまくっているのに……）

健太は、写真部員であることを理由に、自分の小遣いとお年玉を貯めて購入した愛用のデジタル一眼レフカメラを、学校内でも持ち歩いていた。ただ、これは写真部員だから許されているのであって、そうでなければ学校にカメラを持ってくること自体が校則違反になってしまう。

その事態を避けるためにできることと言えば、今は一つしかあるまい。

「あのさ……やっぱり三人とも、僕の写真のモデルになってくれないかな？」

健太は、意を決して目の前の若宮義親子に向かって言った。

なにしろ、朱乃はその美貌もさることながら、ウェーブのかかったロングヘアと、やや小柄ながらもテニスで鍛えた健康的でグラマラスなボディラインが魅力的だ。写真のモデルとしては、理想的な容姿の持ち主と言えるだろう。

性格的にやや勝ち気で、特に異性に対する態度は厳しめなのだが、それでも男女を問わず彼女の人気は極めて高い。

紫乃は姉より長身で、新体操選手ということもあってスレンダーな体つきをしている。だが、手足が長いし、短めのサイドテールにしたやや幼めの顔立ちも魅力的だ。なにより、愛らしい笑顔が男心をくすぐってやまない。おかげで、入学から半年も経っていないというのに、妹キャラとして人気がうなぎ登りである。

人気投票をすれば、紫乃も姉とともにベスト五に入るだろう。

そして真巳子は、三十四歳の既婚者とはいえ二十代と言っても通用する若々しい美貌の持ち主である。しかも、スーツはもちろんジャージを羽織っていても目立つ大きなバストが、青少年の目を惹いてやまなかった。当然、女子水泳部の練習では水着になるわけで、その姿を写真に収めることは、健太の目標の一つでもある。

また、彼女は基本的に温和で生徒思いなので、生徒たちから信頼されていて、人気も非常に高かった。もっとも、義娘たちに対して他の生徒より甘くなりがちなのが、欠点と言えば欠点かもしれないが。

とにかく、この三人をモデルにした写真を文化祭で展示できれば、人気になるのは間違いあるまい。いや、単に実績を作るだけでなく写真部の存在をアピールできて、新たな入部希望者が来るかもしれない。

健太は、もともと女性を撮影することにしか興味がなかった。

もちろん、そこに邪《よこしま》な気持ちがまったくないと言ったら嘘になる。ただ、女性のもっとも魅力的な瞬間を写真に収めて残したい、という強い情熱が主な行動原理だった。

特に、それぞれに異なる魅力を持つ若宮義親子の三人を撮ることは、少年にとって在学中の大きな目標と言っていい。

ところが、健太の申し出に対し、朱乃と真巳子があからさまに顔を引きつらせた。

「あんたに写真を撮られるなんて、絶対にイヤ！」

「いくら生徒の頼みでも、教師がモデルになるのはさすがに無理よ。それに、服部くんには撮られたくないわ」

朱乃がキツイ口調で、真巳子はやんわりと、しかしキッパリとした口調で拒絶する。

「えっと……あたしも、お姉ちゃんとお義母さんから話を聞いていて……服部先輩に撮られるのは、ちょっと遠慮したいかなぁ」

と、紫乃までが引きつった笑みを浮かべながら言った。

いつもの健太なら、こうして拒まれてまで強引に頼みこむ真似はしない。しかし、部の存亡がかかっている以上、ここであっさり引きさがるわけにはいくまい。

「そこをなんとか！　三人のうち、一人でもいいから……」

と、食いさがろうとして足を踏みだす。

ところがその瞬間、少年の足が机の脚にひっかかってしまった。

「うわっ！　ヤバッ！」

大きくバランスを崩し、健太はあわてて体勢を立て直そうとした。ところが、さらにつんのめって前方にジャンプするような格好になってしまう。

もしも、そこに誰もいなければ、なんとか体勢を立て直せたかもしれない。しかし、健太が飛んだ先には女教師と二人の美少女がいた。

朱乃も真巳子も紫乃も、優れた運動神経の持ち主だ。だが、さすがにこの突然の事態には反応する余裕がないらしく、目を丸くして少年を見ている。

そして次の瞬間、健太はそのまま彼女たちに向かって頭から突っこんでしまった。

三人の誰かにぶつかり、目の前が真っ暗になってドサッと派手な音を立てて床に倒れこむ。しかし、その身体がクッションになったため、顔を床にぶつけずにすんだ。

「イテテ……また、やっちゃったよ」

と、ボヤいたとき、上から「んあっ」とやや甘い声が聞こえていた。

少し顔をあげてみると、女子の制服のお腹の部分が見える。

さらに、両手には感触の異なるふくらみの手触りが感じられる。

そのときになって、健太はようやく自分がどういう状況になっているかを把握した。

なんと、少年は紫乃の腰にタックルをして、彼女に尻餅をつかせた格好になっていたのである。しかも、少女の足の間に入りこんで、その腰に顔を埋めていた。口の位置がほぼ股間なので、スカートがなければ下着越しに女の子のもっとも恥ずかしい部分に口づけしていただろう。

それだけではなく、健太の両手は同じく押し倒した朱乃と真巳子の胸を、わしづかみにしていた。

(こ、この体勢は非常にマズイ!)

健太は、手に伝わってくる感触を堪能する余裕もなく、焦りを覚えていた。

なにしろ、このまま紫乃から離れようとすれば、朱乃と真巳子の胸を思いきりつかむことになる。かと言って、二人のバストから手を離せば、その瞬間にわずかな支えを失って、年下の少女の股間に思いきり口を押しつけることになってしまう。

どちらに転んでも、これは地獄を見ることになりそうだ。

「こ、こ、このヘンターイ!!」

見るみる顔を真っ赤にした朱乃が、そう叫ぶなり白いパンツが見えるのも構わず、内心でパニックを起こしていた少年のことを蹴り飛ばす。

そのため、健太は「ホゲッ!」と悲鳴に近い声をあげつつも、横に吹っ飛ばされて床に転がった。ただ、おかげで危険な体勢から解放されたのだから、痛みはあってもひとまず彼女に感謝するべきかもしれない。

紫乃は、しばらく目を丸くしていた。おそらく、なにが起きたのか、まだきちんと理解できていないのだろう。

「いやあああっ!　ふえええええん!」

やや間を置いてから、ようやく我にかえったらしく、年下の少女が悲鳴をあげて大声で泣きだした。

「あわわっ。そ、その、ゴメン！　わざとじゃ……」

健太がそう言いかけたとき、朱乃が激しい怒りのオーラを立ちのぼらせながら胸ぐらをつかんだ。

「この痴漢！　いつもいつも……しかも、紫乃にまで！　もう許さないんだから！」

そう言って、朱乃が怒りの形相のまま握り拳を振りあげる。

もはや、健太が殴られるのを覚悟したとき。

「朱乃さん。気持ちはわかるけど、わたしの前で暴力はダメよ」

と、真巳子が義娘を制止した。

しかし、彼女がとめたのは、教師という立場上、自分の身内が校内でこれ以上の暴力沙汰を起こすのは見過ごせない、という理由でしかないのは、苦虫を嚙み潰したような表情からも明らかだった。本当は、かなりの怒りを抱いているのだろう。

義母に制止され、朱乃が不承不承という様子で強く握った拳をおろした。だが、その怒りが治まったわけではなく、健太は突き飛ばされるようにして解放される。

「まったく……服部くん、もっと気をつけなさい。キミがいつもそんな有り様だから、部員がちっとも集まらないいんじゃないかしら？」

真巳子が少年をにらみつけながら、低い声で指摘してきた。

(僕だって、別にわざとしているわけじゃないんだし、そんなことを言われたってなぁ……)

ついつい、内心でそう反論していたが、口に出して言うとさらに余計な波風を起こしそうなので、あえて沈黙を守る。

「とにかく、生徒会と学校の意向はそういうことだから。さあ、二人ももう部活の時間でしょう？　そろそろ行きましょう」

と、女教師がベソをかいている紫乃と、怒りが冷めやらぬ様子の朱乃に声をかけた。

「そうね。これ以上ここにいたら、またセクハラされるかもしれないし」

と、朱乃も涙目の妹の頭を撫でながら、健太のことをにらみつける。

そうして、三人は写真部の部室から出ていった。

「あ～あ。またやっちゃったよ。まったく、僕ってなんでいつもこうなんだろう？」

少女たちがいなくなってから、健太は思わずそうボヤいていた。

健太が、若宮義親子のみならず、学校の女子の大半から敬遠されているのは、いつもカメラを持ち歩いていることだけではない。不思議と、今のようなエロトラブルを起こしやすいことに、最大の原因があった。

なにしろ、偶然の出来事で女の子の胸をつかんでしまったり、スカートに顔を突っこんでしまったりといった経験は、一度や二度ではないのである。

もちろん、わざとやっているわけではないし写真も撮っていないので、学校から処分を受けたりしたことはなかった。それに、普通なら「ラッキースケベ」と羨ましがられることかもしれない。

しかし、ただでさえカメラを持ち歩いているだけで、理不尽に「盗撮魔」呼ばわりされてきたのだ。加えて、頻繁にエロトラブルを起こすせいで「近づくと危ない」という噂が広がり、女子たちからすっかり敬遠されるようになってしまったのである。

直接的な被害をほぼ受けていない一年生の女子ですら、先輩やクラスメイトから話を聞いているらしく、健太には警戒心を見せていた。

紫乃は、姉や義母から話を聞かされていた割に、挨拶などは普通にしてくれる数少ない女子だった。しかし、今のことで警戒されてしまったのは間違いない。

女子が全校生徒の八割を占める流桜館高校において、「エロトラブルメーカー」という悪評は学校での居心地を悪くするには充分すぎた。

そして、女の子の写真を撮ることにしか興味のない人間にとって、これは致命的とも言える大問題である。

おかげで、健太は今日まで自分が撮りたい写真をまったく撮影できず、悶々とした日々を過ごしていた。

とはいえ、望遠レンズなどを使って本当に盗撮紛いのことをするのは、自分のポリシーに反するので、できればあまりやりたくない。

（それにしても、真巳子先生にしても朱乃ちゃんにしても、わざとやっているわけじゃないんだから、もうちょっと優しくしてくれてもいいじゃんか！）

そんな怒りにも似た思いが、健太のなかにこみあげてくる。

確かに、朱乃と真巳子に対しては紫乃にしてしまったようなトラブルを、入学以来これまでに何度か起こしており、相当に嫌われていた。ただ、意図してやっているわけではないのだから、怒られたり文句を言われたりしてもどうしようもない。

もちろん、他の男子からは羨ましがられていることではあった。しかし、敵意と嫌悪を女子たちから向けられているのでは、こちらとしては少しもありがたくない。

紫乃に関しては、さっきが初めての直接的なトラブル被害である。ただ、まさか泣かれるとは思わなかっただけに、さすがに申しわけない気持ちにならざるを得ない。

とはいえ、やはり彼女たちの仕打ちには理不尽さを覚えてしまう。

（なんとかして、朱乃ちゃんや真巳子先生、それに紫乃ちゃんのことも見かえしたいんだけど……いったい、どうすればいいんだ？）

そんなことを思いながら、健太は天を仰ぐしかなかった。

I 悪魔のカメラ～水泳部顧問と初体験！

1 謎のカメラ

「……やっぱり、僕には風景写真なんて向いてないなぁ」

周囲が薄暗くなるまで河原で撮影してから、健太は手を休めてそうボヤいていた。

なにしろ、文化祭で展示会をできなければ廃部になってしまうので、ひとまず健太は学校の外に出て風景写真の撮影に挑戦してみた。

しかし、もともと興味がないこともあって、「撮らなくては」と思っていても、なかなか撮影に気持ちが入らない。また、いろいろな風景を撮ってみたものの、どれもイマイチな気がして手応えが感じられなかった。

「だいたい、ウチの学校の文化祭じゃなぁ……」

と、健太は昨年の惨状を思い出していた。

文化部の活動が低調なこともあり、流桜館高校の文化祭は女子校時代からクラス単位の出し物が中心だった。しかし、運動部やクラス単位の出し物など、どうしても毎年似たり寄ったりのものになりがちで面白みに欠ける。また、他の学校ではよくある模擬店も、各種手続きの煩雑さからやるところがほとんどなかった。

結果、来客が少なくて盛りあがりに欠き、そのために広報にも力が入らず、ますます客が減って文化祭が盛りあがらない、という悪循環に陥っていた。

本来なら、共学になったときに、こうした状況に変化が起きることも期待されていたらしい。しかし、結局は期待はずれに終わり、一昨年からはそれまで土日の二日間かけて行なわれていた文化祭が、土曜日だけの開催になってしまった。

それどころか、職員会議では「もう文化祭自体をやめるべきではないか」という議論もされているらしい。

写真部にしても、去年の文化祭では展示すらしなかった。また、昨年のクラスの出し物も「休憩所」という、なんともいい加減なものだった。

そもそも、本当にやる気があれば、三年生も文化祭まで部活をつづけていたはずである。夏休み前に引退した時点で、文化祭でなにもする気がなかったのは明らかだ。

こうした悲惨な状況を考えれば、活動実績のない部を廃部にするという今回の方針は、直接の影響を受ける健太でも当然と思うくらいである。

加えて、若宮義親子にとっては、そのほうが都合がいいのだ。健太のトラブル体質がなくても、写真部が廃部を免れるためのモデルになることに、そもそも応じてくれるはずがない。

「しかし、参ったなぁ。風景写真はイマイチだし、女の子は撮れないし……」

文化祭まで、まだ一カ月ほどの時間はあるものの、今の状態はまさに絶体絶命と言っていいだろう。

それでも、夕焼けになっていれば少しはいい雰囲気の写真を撮れたかもしれない。だが、あいにくと今日は曇り空だった。

こういったところでも、自分の運のなさを痛感せずにはいられない。

時計を見ると、もう十八時を過ぎていた。学校にいたら、もう下校時刻で運動部の活動も原則として終わっているはずである。

「母さんが夕飯の準備をしている頃だし、そろそろ帰るか。文化祭までまだ時間はあるし、今日はダメでも明日があるさ」

そう独りごちて、健太はカメラをバッグにしまおうとした。

そのとき、河原沿いに作られている公園のほうから、犬がワンワンと激しく吠える声が聞こえてきた。つづいて、「シッ、シッ。あっちへお行き」というしゃがれた老婆の声も聞こえてくる。

健太は、カメラを手にしたままバッグを担いで、小走りに様子を見に行った。

その公園は、滑り台やジャングルジムといった遊具が揃っており、もう少し早い時間帯であれば子供たちが元気よく遊んでいるはずだ。しかし、この時間になると、さすがにもう遊んでいる子供の姿はない。

代わりに、ジャングルジムの上には黒いマント姿でずだ袋を持った老婆がいた。

そして、その下には茶色の中型犬がいて、老婆に向かって激しく吠えている。首輪がないことから見て、おそらく野犬だろう。

「おおっ、そこの少年。助けておくれ」

こちらを見た老婆が、健太に向かって言う。

どうやら、犬に追われてジャングルジムの上に逃げたらしい。

それにしても、まだ暑さが残っているというのに黒マントを羽織った老婆の姿は、そこはかとなく怪しい雰囲気が感じられる。

「助けろと言われても……いったい、どうしてこんなことに？」

「おそらく腹を空かせて、ワシが持っとる弁当の匂いに釣られたのじゃ。早く、この犬を追い払っとくれ」

いくら怪しさ全開の人物とはいえ、老人から泣きつくように言われると、さすがに放置して立ち去るわけにもいくまい。

「仕方ないな。おい、こら、あっち行け」

健太は、少し離れたところから犬に向かって声をかけた。

だが、犬はよほど空腹らしく、こちらを見ようともせずに、ひたすら老婆に向かって「ワンワン！」と吠えつづける。このままでは、いつまで経っても追い払うことができそうにない。

やむなく、健太はバッグとカメラを傍らに置くと、近くに転がっていた小石を手にした。そして、コントロールに自信はなかったものの、とにかく大きく振りかぶって石を投げつける。

さすがに命中しなかったが、ジャングルジムに石が当たってカーンと大きな音が発生した。

すると、犬は驚いたらしく、ややたじろいだ様子を見せてから健太のほうを向いた。そして、「グルル……」とうなり声をあげて、あからさまな攻撃態勢を取る。

少年が自分の獲物を横取りしようとしている、とでも思ったのだろうか？

「おいおい。別に、弁当が欲しいわけじゃないんだから、そんなに構えるなよ」

と、あわてて言ったものの、野犬に言葉が通じるとも思えない。

（へたをしたら、噛まれるかも……）

いくら中型犬とはいえ、もしも思いきり噛まれたら酷い怪我をするだろう。いや、相手は野良犬なので、怪我もさることながら変な病気に感染する可能性もある。

そんな不安が湧きあがり、健太はやむなくまた足下の小石を拾って身構えた。

数メートル離れた少年と犬の間に、緊迫した空気が流れる。

「これ。にらみ合っとらんで、早く追っ払っておくれ」

ジャングルジムの上から、老婆が声をかけてきた。

そのため、健太は一瞬、そちらに目を向けてしまう。

だが、それが絶好のチャンスになったらしく、野犬が襲いかかってきた。

そのことに気づいた健太は、「うわっ」と声をあげながら、あわてて犬に向かって石を投げた。

もちろん、狙いをつけるどころか、モーションすらろくに取れなかった一投ではある。しかし、石は突進してきた犬の額に、運よくカウンター気味に当たった。

そのため、野犬は「キャインッ！」と悲鳴のような声をあげ、バランスを崩す。

が、そうして犬が逸れた先には、健太のカメラとバッグがあった。

中型犬に蹴飛ばされたカメラが高々と宙を舞い、地面に落ちてガシャッと派手な音を立てる。

「あああああああああっ!!」

健太は、思わず周囲に響き渡るような大声をあげていた。

額に石が当たった上に、カメラを蹴飛ばしたことでかなりのダメージを受けたらしく、野犬は「キューン」と情けない声をあげながら逃げていく。

しかし、健太はもはや犬のことなど無視して、あわてて愛用のカメラに駆け寄った。

そうしてカメラを手にしたものの、完全に壊れてしまったのは一目瞭然だった。

なにしろ、背面の液晶モニターは割れ、本体の側面にも大きな亀裂ができていたのである。また、装着していたレンズもヒビが入った上に一部が欠けていて、二度と使えそうにない。

もちろん、一眼レフカメラなのでレンズは交換すればどうにかなる。それに、装着していたのが高級な望遠レンズではなく、カメラに標準でついていたものだったのは、不幸中の幸いと言えるかもしれない。

しかし、レンズのことはともかく、本体がこれだけダメージを受けていると、もはやカメラ自体が使いものになるまい。

念のため、電源ボタンを押してみたが、内部でかすかに動作音が聞こえたものの背面の液晶モニターは暗いままだった。

「なんてことだ……僕のカメラが……」

健太はショックのあまり、その場にひざまずいてうなだれた。

このデジタル一眼レフカメラは、健太が小遣いとお年玉を懸命に貯めて、高校に入学が決まったときに買ったお気に入りのも機種である。値段だけで言えば、デジタル一眼レフとしては高いほうではないものの、高校生が持つものとしては充分に高級品と言える。

それだけに、どんなエロトラブルが起きたときも、このカメラだけは懸命に守ってきたのである。だが、まさかこのような形で呆気なく壊れてしまうとは。

「少年や。おかげで助かったわい。礼を言うぞよ」

ジャングルジムから降りてきた老婆が、そう声をかけてきた。

近くで見た彼女は、しわくちゃの顔にややとんがった鼻の形をしており、黒いマントを羽織ったその姿も相まって、とんがり帽子とホウキがあれば魔女そのもの、という雰囲気をかもしだしている。年の頃は、七十代後半から八十代くらいだろうか？

しかし、愛用のカメラを失ったショックに見舞われている健太には、もはや老婆の出で立ちなどにツッコミを入れる気力すらなかった。

「ああ、そう。こっちは、おかげで大損害だよ。はぁ〜。これ、修理にいくらかかるんだろう？　って言うか、直るのかな？」

そんな愚痴にも似た言葉が、つい口を衝いて出る。

購入から一年以内の保証期間であっても、壊れた原因が原因なので無償修理してもらえたかは微妙だろう。だが、そもそも一年はとっくに過ぎているし、購入した個人経営のカメラ屋では大手家電量販店と違って長期保証制度がなかったので、有償修理になるのは確実だ。

もっとも、これだけ派手に壊れてしまうと、修理をするより買い換えたほうが早いかもしれない。

とはいえ、その後の小遣いや今年のお年玉は、夏休み前に三百ミリの望遠レンズを買って使い果たしていた。次の正月まで三カ月以上あるし、小遣いだけでは本体を購入できるほど貯めるのに、何カ月かかるかわからない。

ただでさえ、写真部が廃部の危機だというのに、肝心のカメラを失ってしまっては、もはや文化祭での展示など絶望的である。

「あとは、ケータイのカメラか、父さんが持っているコンデジでも借りるしか……いや、どのみちそれじゃあ、いい写真なんて……」

なにをどう考えても、完全に手づまりという感じで、健太は目の前が真っ暗になるのを禁じ得なかった。

「ふむ、少年は新しいカメラが欲しいのかえ？」

打ちひしがれている健太に、老婆がそう話しかけてくる。

「そりゃあ、すぐにでも必要だからね。なに？　弁償でもしてくれるの？」

「いや、弁償はできんが、ワシを助けるためにカメラを壊してしまったのじゃ。お詫びと言ってはなんだが、これをお主にやろう。見たところ、お主はなかなか面白い星のめぐりをしておるから、使う資質はあるじゃろう」

と言って、老婆がずだ袋に手を入れる。

そうして彼女が取り出したのは、紛れもなくデジタル一眼レフカメラだった。

黒い筐体は健太のカメラと比べると少し大きく、若干古ぼけて見えるものの、傷は特に見当たらない。また、レンズがちゃんとついているので、バッテリーが充電されていればすぐにでも使うことができそうだ。

ただ、普通なら内蔵ストロボのところにメーカー名が書いてあるはずなのにそれがなく、そこはかとない怪しさも感じられる。

このカメラと、健太自身の「星のめぐり」になんの関係があるのかは、まったく想像がつかない。だが、怪しげなカメラだというのに、なんとなく惹かれるものを感じるのは、老婆の言う「資質」が関係しているのだろうか？

「そのカメラを、僕に？」

「うむ。ただし、これはただのカメラではないぞ。モードダイヤルを切り替えることで、撮影した人を催眠支配することができるのじゃ」

「えっ？　ははっ、まさか」

老婆の言葉を、健太は一笑に付していた。

そのような能力を持つカメラがこの世に存在するなど、信じられるはずがない。

「信じられんのも、無理はあるまい。しかし、お主はすぐにでもカメラが欲しいんじゃろう？　それに、お主には強い女難の相が出とるからのぉ。お主、女子《おなご》の写真を思うように撮れずにいるのではないか？」

「なっ……どうして、それを？」

老婆に図星を指されて、健太はさすがに驚きを隠せなかった。

「ワシは、占い師なんじゃよ。お主のような特殊な星のめぐりを持つ人間ならば、顔を見れば大まかなことくらい一目でわかるわい」

そう言って、老婆がしわくちゃの顔に笑みを浮かべる。

なるほど、魔女のような出で立ちも、「占い師」と言われれば確かにそう見える気がする。

もちろん、健太は占いなど信じていなかった。しかし、初見で女難の相と見抜いた眼力は、なかなか侮れないという気もする。

「どうじゃ？　ワシの言葉を信じてみんか？　このカメラを使えば、きっとお主が望む写真を撮れるじゃろうて」

「うっ、それは……」

確かに、自分の一眼レフカメラが壊れて、すぐに新しいものを入手する見こみがない以上、老婆のカメラを受け取るのが最善の方法かもしれない。

しかし、見るからにメーカー品ではなく、しかも妙な機能がついているという怪しいものを受け取ることに、さすがにためらいを覚えずにはいられなかった。こうやって、使いものにならないカメラを押しつけて、あとから高額の請求をするつもりなのではないだろうか?

「ふむ、そうじゃな。ワシも、別に金をもらおうなどとは考えておらんから、まずは実際にカメラの性能を試してみるがええ。それで、嘘だと思うなら受け取らんでもええわい」

こちらの心を読んだように、老婆がそう提案してきた。

(とりあえず、試してみるだけならいいか?)

なんとなく心惹かれていたこともあり、健太はそう考えて老婆からひとまずカメラを受け取った。

モードダイヤルについているマークは、普通のデジカメとは異なるもので、人間や服などが簡素なデザインで描かれている。ダイヤルだけ見て機能がわかるのは、普通のカメラのマークと動画のマークくらいだ。

ちなみに、現在は人間のマークにモードが合っている。

「今は『支配』になっておる。そのモードで撮影した人間の画像を表示してカメラに念じる、あるいは声に出して命じると、その者は撮影者の言いなりになるんじゃ」

と、老婆が横から説明した。

ただ、問題は誰を撮影するかである。この老婆を撮っても面白くないし、そもそもくれた本人を撮影しても、カメラの機能が本当かなど確認のしようがない。

そう思ってふと道路に目を向けたとき、ちょうどスーツ姿の真巳子が公園の前を通り過ぎるのが見えた。

「真巳子先生、今帰りなんだ。あっ、そうだ！」

健太は、急いで歩道に向かった。そして、「真巳子先生！」と声をかける。

すると女教師が、反射的に振り向いてこちらを見る。

その瞬間、健太はシャッターを切って彼女の姿を撮影した。

「服部くん？　ちょっと、人の写真を勝手に撮るのはダメって……」

近づいて文句を言おうとした真巳子を無視して、健太は再生ボタンを押して液晶に画像を表示した。

ズームを使っていなかったし、やや距離があったために画像はかなり小さい。しかし、ちゃんと頭が写っているので、老婆の言葉が本当なら問題はないはずだ。

（真巳子先生は、僕に写真を撮られても文句を言わない）

そう念じた途端、女教師がピタリと言葉をとめた。

「あら？　わたし、なにを怒っていたのかしら？」

と、真巳子が不思議そうに首をかしげる。

（おおっ、すごい！　このカメラ、本当に人を思いのままに操れるのか？）

健太は、心のなかで喝采していた。

彼女が老婆と結託して、健太を騙そうと演技しているとは考えられない。ましてや、今は声に出さずに命じたのだ。万が一、二人が結託していたとしても、テレパシーのような超常能力を使わなければ、老婆が今の命令の内容を知ることも、それをこちらに知られず真巳子に伝えることも不可能である。

（真巳子先生、僕のあとについてくるんだ）

そう念じてから、健太が老婆の元に戻ると、女教師は黙ってあとについてきた。

「どうじゃ、信じる気になったかの？」

少年が近づくと、老婆がしわくちゃの顔に笑みを浮かべて声をかけてくる。

「うんっ！　このカメラ、マジですごいじゃん！」

「服部くん？　そのお婆さんは、キミのお知り合いなの？　それに、そのカメラって、いったいどういうこと？」

喜ぶ健太に対して、真巳子がようやくいぶかしげな表情で問いかけてきた。

そういえば、グラマラスな美人教師は老婆のことをなにも知らないのである。

「あっと、そうだった。真巳子先生、このお婆さんやカメラのことは、気にしなくていいからね」

「えっ？　……ええ、もう気にしないわ」

カメラを持ったまま健太が命じると、女教師が一瞬だけ戸惑いの表情を浮かべつつも、すぐにそう応じた。

「それで、服部くん？　特に用がないなら、もう帰ってもいいかしら？　今日は、わたしが晩ご飯を作らなきゃいけないから、早く帰りたいの」

と、あらためて口を開いた真巳子は、本当に老婆やカメラへの関心を完全に失った様子だった。

「ああ、ちょっと待ってよ。もう少し、僕の前にいて」

「……わかったわ。もうちょっと、ここにいるわね」

健太の言葉に、女教師がうなずいて応じる。

（おおっ。あの真巳子先生が、こんなにも素直に僕の言うことを聞くなんて……もしかして、もっとすごいこともできるのかも）

そう考えると、今まで想像でしかできなかったことをやってみたい、という欲望が湧きあがってくる。

健太は緊張しながら、彼女に新たな命令を与えることにした。

「ま、真巳子先生、スカートをめくってパンツを見せて」

「……ええ、わかったわ」

健太の命令を受けて、真巳子はためらう様子もなくスカートの前をたくしあげ、黒いレースの下着をあらわにした。

「ゴクッ。先生、いつもそんな下着で授業をしているの？」

「こらっ。そういうことを聞くものではないわよっ」

カメラを通した健太の質問に、真巳子がショーツを見せたまま怒りの表情を浮かべて注意してくる。

（あれ？　なんで？）

と思ったが、すぐにその理由に思い当たった。

「真巳子先生、どんな内容でも僕の質問には正直に答えるんだ。いつも、そんな下着で授業をしているの？」

健太は、あらためてカメラを通してそう質問をしてみた。

「いいえ。学校に行くときや授業中は、スポーツブラと運動しやすいパンツを穿いているわ。夏場もそうだけど、この時季も体育の授業なんかでけっこう汗をかくから、いつも部活の指導をしたあと別の下着に替えるの」

案の定、今度は真巳子もやや怒りが冷めやらぬ様子ながら、素直に教えてくれた。

やはり、このカメラの支配は、具体的な命令を与えることで効果を発揮するらしい。今のような場合、「どんな質問にも素直に答える」とあらかじめ命じておかないと、対象が「答えたくない」と思っていることを話してはもらえないのだ。

とはいえ、少しずつカメラの使い方がわかってきた気がする。

(そ、それじゃあ、もっと過激なことをしても……)

そう考えて、健太が新たな命令を出そうとしたとき。

「キミたち、そこでなにをしているんだ?」

不意に、公園の入り口から男の声の声がした。

そちらを見ると、自転車から降りた警察官が、こちらにやって来るところである。

(ヤベッ。真巳子先生、スカートをおろすんだ)

健太があわててカメラに念じると、女教師はすぐにスカートから手を離した。

(よし。それじゃあ、僕にパンツを見せていたことも、今僕がした質問も忘れるんだ。真巳子先生は、公園で撮影していた僕を見かけて、事情を聞いていただけだよ)

そう念じてから、健太は老婆の存在を自分もすっかり失念していたことを思いだす。

しかし、周囲を見たものの、いつのまにか老婆の姿はなかった。また、犬に壊されたデジカメもなくなっている。おそらく、彼女が持ち去ったのだろう。

「あっ。わたしは教師で、この子はウチの学校の生徒で写真部なんです。帰り道で、

彼が公園で写真を撮っているのを見かけたので、ちょっと話しかけていたんですよ。もう遅いですから」

と、真巳子が警察官に向き直って笑顔で言う。

「ああ、そうでしたか」

警察官は、すぐに納得の面持ちを見せた。

なにしろ、少年は学校の制服姿でカメラを持っているし、いかにも教師という雰囲気を漂わせた真巳子が淀みなく答えたので、特に疑念を抱かなかったらしい。

「服部くん、廃部を避けるために写真部の活動をするのもいいけれど、あんまり遅い時間まで外にいるのは感心しないわよ」

「はーい。ちょうど、そろそろ帰ろうと思っていたから」

真巳子の言葉にそう答えて、健太はそそくさとカメラをバッグにしまう。

そのとき気づいたのだが、いつの間にかバッグにはカメラの取扱説明書が入っていた。まったく、あの老婆はどこまで準備がいいのだろう?

「それじゃあ、真巳子先生、おまわりさん、さようなら」

「はい、さようなら。寄り道しないで帰りなさいね」

少年の挨拶に、真巳子が笑顔で応じる。ついさっき、とんでもないラッキースケベを引き起こした人間が相手とはいえ、さすがに真面目な性格だけあって警察官の前で嫌悪感をあらわにするのは、彼女としても避けているようだ。

もちろん、健太も寄り道などする気は毛頭なかった。なにしろ、このカメラの能力が本物だという確証を得られた以上、まずは説明書を読んですべての能力を把握しなければなるまい。

モードダイヤルを見た限り、このカメラには普通の撮影モードと動画モード、それに支配モード以外に、あと四つの能力があるようだ。ダイヤルのマークから、それぞれの能力はなんとなく想像がつくのだが、せっかく説明書があるのならきちんと読んでおくべきだろう。

そう考えた健太は、早足で公園をあとにして帰路についた。

2 プールで撮影会！

翌日の放課後、健太は老婆からもらったカメラを手に、水泳部が練習をしている屋内温水プールへと向かった。

「さて、『悪魔のカメラ』の本格デビューだ。楽しみだなぁ」

そう独りごちると、自然に足取りも軽くなる。

ゆうべ、取扱説明書を読んだ健太は、今さらながらにその能力の数々に驚き、これに「悪魔のカメラ」と名付けた。

なにしろ、このカメラは人を言いなりにできるだけでなく、撮影者に対して発情させたり、被写体の胸を大きくしたり、カメラにあらかじめ登録された画像のコスチュームに着替えさせたり、被写体を透視したりできるらしいのである。

これだけの能力を持っているのだから、「悪魔のカメラ」というネーミングも決して大げさなものではあるまい。

健太は、カメラを持って再生ボタンを押し、昨日撮った女教師の写真を表示した。

(真巳子先生は、僕が自由に写真を撮ることを許可する)

そうカメラに念じて、ドキドキしながら屋内プールへの引き戸を開ける。

水泳部は女子しかおらず、三年生が引退したので現在の部員は十人と少数である。

しかし、今年の夏の大会では五種目で四人が県予選の決勝に進み、あと少しで全国大会出場という成績を収めていた。この四人のうち二人は二年生だったので、来年はテニス部の朱乃につづく全国大会出場が期待されている。

また、真巳子の指導のおかげで他の選手も実力を伸ばしており、最近は「県内の水泳強豪校」として注目されつつあるらしい。

「川崎《かわさき》さん、手と足の動きのバランスが崩れているわよ！　三上《みかみ》さん、腕の振りをもっと鋭く！」

真巳子は、競泳水着姿でプールサイドに立ち、泳いでいる部員に指導をしていた。

健太がなかに入ると、女教師が気づいて歩み寄ってきた。

「あら、服部くんじゃない。撮影しに来たのかしら？」

「うん。先生とみんなの写真を撮りたいんだ」

「いいわよ、好きなだけ撮ってちょうだい」

真巳子は、これまで撮影を許そうとしなかったのが嘘のように、なんとも気さくに、許可を与えてくれた。

これが、「支配」モードで命令したおかげなのは、疑う余地はない。

ただ、泳いでいない部員たちは、なんとも怪訝そうな表情でこちらを見ていた。さすがに、今まで写真撮影を許さなかった真巳子が呆気なく許可を出したことに、かなり驚いているらしい。

そうしているうちに、泳いでいた最後の一人が、プールから出た。

「先生、部員の集合写真を撮らせてよ」

「わかったわ。みんな集合！　服部くんに、集合写真を撮ってもらいましょう」

と、真巳子が少年の指示に従って部員たちに声をかける。

「先生、そいつって……」

集まった部員の一人が、あからさまに不愉快そうな表情を浮かべながら口を開いた。

なにしろ、誤解とはいえ「痴漢」や「盗撮魔」と呼ばれている少年が、カメラを持ってやって来たのだ。しかも、顧問の女教師がそんな人間に撮影を許したのだから、疑問を抱くのも当然だろう。

「ええ、わかっているわ。だけど、写真は来年の卒業アルバムにも使えるし、少しくらいならいいでしょう? さあ、みんな二列に並んでちょうだい」

真巳子が、笑顔で指示を出す。

なにしろ顧問の言うことなので、結局、十人の部員たちは素直に二列に並んだ。

「それじゃあ、まずは真巳子先生を抜いて部員だけで撮るよ。先生は、僕が指示をするまでそこにいて」

と言ってから、健太は再生を解除した。それから、モードダイヤルが「支配」のマークで合っていることを確認して、カメラを構える。

「撮りまーす。はい、チーズ」

と言って、シャッターボタンを押すと、カシャッという音がプールに響いた。

再生ボタンを押して確認してみると、水泳部員たちの姿がバッチリ撮れている。

(よしよし……みんな、すぐに練習に戻るんだ。そして、これから真巳子先生と僕がプールサイドでなにをしていても、まったく気にしないこと。みんなは、先生抜きでしっかりと練習をつづけるんだ)

健太がそうカメラに念じた途端、部員たちはすぐにその場から離れていった。

「あら？　みんな、いったいどうしたの？」

真巳子が、怪訝そうな声をあげる。

彼女だけは集合写真に写っておらず、今の命令の影響を受けていないので、さすがに驚いたらしい。

おそるべき支配力を見せる「支配」モードだが、命令を与えるためには対象の画像をいちいち表示する必要があるのが欠点かもしれない。画像を表示すれば、どれだけ離れていても命令を与えられるのだが、今回のような場合はいささか不便に思える。

とはいえ、集合写真は写った複数人にまとめて命令できるが、別個に命令を与えようとすると、今度はいろいろと条件付けをしなくてはならず、面倒なことになるのだ。

また、「支配」モードで新しい写真を撮影した場合、古い画像データは単なる写真になってしまうらしい。したがって、メインターゲットである女教師を、この集合写真に混ぜるわけにはいかなかったのである。

健太は、すぐに十字ボタンを押して真巳子の画像を出した。

「真巳子先生、みんなは練習に戻っただけだから、疑問に思わなくていいよ。先生は、これから僕に付き合ってここで個人撮影会をするんだ。このあとは、カメラマンの僕の指示には絶対に従うこと。疑問を持ったりしたら、ダメだからね」

「えっ？　ええ、わかったわ」

真巳子は、健太の言葉ですぐに納得の面持ちを見せてうなずいた。

あれだけ撮影を嫌がっていた女教師が、こうもあっさりと首を縦に振ってくれるというのは、カメラによる支配が完璧であることを示している。

この時間、プールを使うのは水泳部だけで、部外者が来ることはまずない。したがって、途中で邪魔が入ることは考える必要もあるまい。

「じゃあ、先生？　ちょっとポーズを取ってよ」

「ポーズ？　ん～、先生、そういうのよくわからないんだけど……」

健太の指示に、真巳子が少し困惑した表情を浮かべた。

さすがに、モデルでもない人間にいきなりポーズを求めても難しいようである。

「ああ、そうか。それじゃあ、手を頭の後ろに組んで、胸を突き出すような格好をしてみてよ」

健太の指示で、女教師がその通りのポーズを取る。

「こうでいいのかしら？」

「そうそう。すごくいいよ、先生」

困惑気味の真巳子に対して、健太はそう言いながらカメラを構えた。

彼女は胸が大きいので、この格好はそれをさらに強調する感じになる。

健太は、一枚だけ支配モードでシャッターを切った。これで、今後、真巳子に命令を出すとき使う写真は、こちらに変わった。あの姿が小さくしか写っていない写真は、もう削除しても問題ない。

それから少年は、モードダイヤルを普通のカメラのマークに合わせてノーマルモードに切り替えた。そうして、位置を変えながらシャッターを切り、さまざまな角度から女教師を撮影する。

「次は、女豹のポーズをして」

何枚か撮影してから、健太は新たな指示を出した。

「女豹？　えっと、こうかしら？」

真巳子は、その場で四つん這いになり、軽く背を反らした。

すると、ただでさえ大きな胸が垂れさがり、いっそう強調される。

「おおっ。いいよ、先生！　すごくいい！」

そう言いながら、健太はさらにシャッターを切った。

生真面目な女教師が、こんな色っぽいポーズで撮影に応じてくれるというのは、いまだに夢でも見ているような気がしてならない。まったくもって、「悪魔のカメラ」様々と言いたくなる。

（そうだ！　悪魔のカメラの能力は、人の心を支配するだけじゃない。もっと、いろ

んなことができるんだった）

ゆうべ取扱説明書を熟読して、このカメラに五つの特殊な能力があることは把握していた。ただし、そのなかで健太が実際に使ったのは、まだ「支配」モードだけである。この際、他の機能も使ってみるのもいいのではないだろうか？

そう思いついた健太は、モードダイヤルを切り替え、裸の女性をイメージしたようなマークに合わせた。そして、液晶画面に真巳子を映しながら、普通ならＩＳＯ感度をあげるための操作をする。

すると、画面に映る真巳子の水着が次第に薄くなってきた。さらに十字キーを操作して感度をあげていくと、大きな二つのふくらみが透けて見えてくる。

（おおっ、真巳子先生のオッパイが！　さすがは透視モード！）

心のなかで喝采しつつ、感度を慎重に調節していく。

そして、ついに液晶画面内の真巳子が一糸まとわぬ姿になった。

今、健太が使用したのは、被写体の衣類を透視できる「透視」モードだった。これを使えば、服を脱がさなくても被写体の下着姿やヌードを撮影できるのである。ただし、迂闊に感度をあげすぎると筋肉や骨まで映って、エロどころかグロになってしまうので、慎重に調節しなくてはならないのだが。

ちなみに、今回は真巳子が水着姿なので、裸が見えるのも早かったのだろう。

それにしても、実際の女教師は競泳水着を着ているのに、画面のなかでは裸をさらしているというのは、なんとも不思議な光景に思えてならない。

「ねえ？　いつまでこの格好をしていればいいのかしら？」

健太が、つい液晶画面に見入っていると、真巳子がそう声をかけてきた。

「あっ。ちょっと待って」

と応じて、あわててシャッターを切り、何枚か写真を撮る。

「えっと、それじゃあ今度はそこに横座りして、足を伸ばして床に手をついてよ」

そう指示を出すと、真巳子は身体を起こし、言われた通りのポーズを取った。

（うひょーっ！　真巳子先生のオマ×コが丸見えだ！）

画面を見ながら、健太は心のなかで快哉を叫んだ。

なにしろ画面内の女教師は裸なので、あのポーズをすると当然、逆デルタ型の恥毛や秘部が見えてしまう。もっとも、彼女はそんなことを知らないのだが。

健太は興奮を覚えながら、夢中になって真巳子のヌードを撮影していった。

だが、間もなく少年は一つの不満を抱くようになった。

（真巳子先生、やっぱり表情が硬いなぁ）

本職のモデルではないのだから、多少のことは仕方があるまい。しかし、彼女の表情は明らかに硬く、緊張している様子がありありと伝わってくる。

「先生、もうちょっと笑顔を作れない？」

「そんなの無理よ。わたし、本当はあんまり水着で写真を撮られるの好きじゃないし、こういうポーズもけっこう恥ずかしいんだから」

健太の言葉に、女教師がそう応じる。

「えー？　先生、オッパイ大きいし、すごくいいスタイルだと思うんだけど？」

「それがイヤなのよ。肩が凝るし、体育の授業とか水泳の指導のときも邪魔になるし、胸が大きくてもいいことなんてほとんどないわ」

と、真巳子が悲しそうに言う。

どうやら、彼女は自分の巨乳にコンプレックスがあるようだ。

確かに、運動する人間にとっては、大きな胸はいささか邪魔に思えるのだろう。

(小さいよりも、大きいほうが男としては嬉しいんだけど)

ついつい、そんなことを思いつつ、健太はモードダイヤルを「支配」に切り替えた。

そして、再生ボタンを押して先ほど撮影した真巳子の画像を表示する。

これで命令をすれば、彼女は自然な笑顔を見せてくれるようになるはずだ。

健太は、そう考えていた。

ただ、その前に女教師に目を向けると、水着に包まれた大きなふくらみについつい視線が吸い寄せられてしまう。

（真巳子先生のオッパイ、画面だけじゃなくて、実際にこの目で見てみたいなぁ）

新たな命令を与える前に、我知らずそんなことを思ってしまう。

「あっ……ねえ、服部くん？　わたしの胸、見たいかしら？」

不意に、真巳子がそんなことを口にした。

あまりにも唐突な言葉に、健太は「へっ？」と素っ頓狂な声をあげていた。しかし、すぐに自分が支配モードのままカメラを手にしていたことを思い出す。

（ヤベッ。つい、やっちまった）

と思ったものの、健太はすぐに考え直して首を縦に振った。

「う、うん。先生のオッパイ、すごく見たいよ」

「わかったわ。それじゃあ、見せてあげる」

そう言って、真巳子が肩紐をはだけた。そして、恥ずかしそうにしながらも、水着をさげて豊満なバストを曝け出す。

「ああ、やっぱり恥ずかしいわ。だけど、わたしは服部くんに胸を見せなきゃいけないから」

女教師は、独りごちるように言って少年から目をそらした。しかし、ふくらみを隠そうとはしない。

（おおっ！　こ、これが真巳子先生の生オッパイ！）

すでに、カメラの透視モードで液晶越しに見ていたものだが、じかに目の当たりにすると感動もひとしおだった。

あらわになった乳房は、年齢の割に垂れさがることもなく、見るからに充分な弾力を保っていた。そして、体育教師らしく引き締まった身体が大きな胸と絶妙なバランスをかもしだしている。

上半身だけとはいえ、水着をはだけたことによって、それまで押しこめられていた成熟した女性の色気が、一気に解放されたような気がしてならない。

このまま、観察していたいという気持ちも湧きあがってきたが、健太はそれを抑えこんだ。

なにしろ、偶然の命令の結果とはいえ、せっかく彼女が自ら巨乳を見せてくれたのだ。これを写真に収めなくては、カメラマン失格というものだろう。

健太は、モードダイヤルをノーマルに切り替えた。そして、シャッターを切って上半身をあらわにした女教師の写真を撮影していく。

そうしていると、新たに彼女にさせてみたいことが思い浮かぶ。

「先生、自分でオッパイを揉んでみて」

「え？　ええ、わかったわ」

少年のリクエストに、真巳子はためらうことなく応じて、大きな胸を揉みだした。

事前の命令もあって、今の彼女にとってこちらの指示は絶対なのである。

健太は、その光景もしっかりとカメラに収めていった。

(けど、イマイチ色っぽくない気がするのは、やっぱり表情のせいかな？)

そんな不満が、少年のなかにこみあげてくる。

せっかく乳房を揉んでいるというのに、真巳子は恥ずかしそうな表情のままである。

そのせいか、あまり色気が感じられなかった。

(あっ、そうだ！　このカメラには、「発情」モードもあったんだ！)

そのことを思い出した健太は、モードダイヤルをハートマークのような模様に合わせて、シャッターボタンを押した。

その瞬間、真巳子が「あっ」と小さな声をあげ、身体を震わせる。

健太は構わず、さらにシャッターを切った。

すると、次第に真巳子の目が潤み、頬が紅潮しはじめた。

「はあ……ああ、なんだかぁ……ふあ、気持ちよくぅ。はぁ、ああ……」

女教師は、胸を揉みながら艶めかしい声をもらしだす。まるで、本当にオナニーをしているかのようだ。

「いいよ、先生。表情が、すごく色っぽくなった！」

そう言って、健太はまたカメラをノーマルモードに切り替えて、さらにシャッターを切った。

もちろん、こんな写真を文化祭で展示するわけにはいくまい。だが、自分だけのコレクションとして夜のオカズにすることは、充分に可能だろう。

だが、健太は一つ重大なことを失念していた。

「ああっ、もう我慢できないわ！」

そう言うなり、いきなり真巳子が飛びかかってきた。そして、少年にのしかかって押し倒す。

命令もしていない突然の彼女の行動に、危うくカメラを床にぶつけそうになったが、それだけはなんとか避ける。

「ま、真巳子先生？」

「わたし、なんだかおかしいの。急にキミが欲しくなって、切なくてたまらないぃ」

戸惑う少年に対し、女教師が目を潤ませながら言う。

（こ、これはいったい……？）

と考えたとき、健太は説明書に書かれていた内容を思い出した。

（はっ、そうか！　発情モードって、「被写体が撮影者に発情する」んだった！）

ついつい、「色っぽい写真を撮りたい」という気持ちで「発情」モードを使ったのだが、そのせいで真巳子は撮影者の少年に欲情してしまったようだ。

ましてや、彼女は人妻である。当然、セックスの経験もそれなりに豊富だろうから、発情モードの効果が想像以上に強く作用した可能性は高い。

「せ、先生？　まだ部活中……」

「わかっているわよ！　だけど、身体がうずいて我慢できないの！」

そう言うなり、真巳子が唇を重ねてきた。

（ま、真巳子先生の唇が、僕の唇に……）

女教師の行動に、健太は目を大きく見開いて呆然とするしかなかった。

なにしろ、これがファーストキスなのだ。こんな形で初めての唇を奪われるとは、思いもしなかったことである。

「んっ、んっ……ちゅば、ちゅば……」

真巳子は目を閉じ、少年の唇を貪るようについばむ。

その積極的な行為に、健太はただなされるがままになるしかなかった。

すると、女教師がいったん動くのをやめた。

唇を離すのかと思ったが、次の瞬間、軟体物が半開きになった歯の間からヌルリと入りこんでくる。

（こ、これは……もしかして、舌!?）

もちろん、この状況で他のモノが入ってくる可能性はない。

呆然としていると、真巳子の舌が口内で動きだした。

舌先が口蓋を這いまわり、それから少年の舌にネットリと絡みついてくる。

こうした行為によって、健太は口のなかから信じられないような強烈な快感がもたらされるのを感じていた。

（すごい！　これが、本物のキス……）

濃厚な行為によって、頭が朦朧としてくる。

少年は、いつしか我知らず自らも舌を動かしていた。すると、粘着質な音がいちだんと強まり、舌の接点からよりいっそうの快感がもたらされる。

そうして快楽を味わうことしか、今は考えられない。

激しい興奮で、いつしか健太の股間では分身が激しくいきり立っていた。

「ぷはっ。ああ、服部くんのオチ×ポ、ズボンの奥ですごく大きくなってるぅ」

唇を離した真巳子が、そんなことを言って、少年のズボンに手をかけた。

そして、慣れた様子でベルトとフックとボタンを外し、ズボンを脱がしてしまう。

さらに彼女は、パンツに手をかけてこれも一気に引きさげ、健太の下半身をあらわにした。

「あら、すごぉい。大きくて、とってもたくましいわ」

そう言った真巳子の目は、少年のペニスに釘付けになっている。

女教師は、ためらう素振りも見せず、そそり立つ一物に顔を近づけた。そして、口を先端に近づけていく。

健太は、その光景にただただ見入るしかない。

ついに真巳子が舌を出し、先端部を軽く舐めあげた。

すると、先端から鮮烈な快電流が発生し、自然に「うあっ」と声がこぼれてしまう。

その反応を見て、真巳子が少年の顔を見あげた。

「ふふっ、気持ちよかった？　服部くん、こういうのは初めてよね？」

「う、うん……」

「やっぱり。ああ……わたし、どうして服部くんにこんなことをしたくなっているのかしら？　だけど、このオチ×ポをもっと味わいたくてたまらないのぉ」

そんなことを言いながら、女教師は本格的にペニスを舐めだした。

「レロレロ……チロロ……んふっ、ピチャ、ピチャ……」

真巳子は音を立てながら、亀頭に丹念に舌を這わせた。そして、いったん舌を離すと、今度は裏筋を舐めあげてくる。

「うあっ、それよすぎ……」

筋に沿って、舌がネットリと這うことで生じたえも言われぬ快感に、健太は思わずそう口走っていた。

「ふあっ。そう？　それじゃあ……あーん」

妖艶な笑みを浮かべた真巳子が、口を大きく開けた。

そして予想通り、女教師は一物を深々と咥えこむ。

分身が温かな口内に包まれた途端、その心地よさに健太は思わず「うあっ」と声をあげて、おとがいを反らした。

「んじゅ……んんんっ……んむ……んじゅぶ……」

真巳子が、ゆっくりとストロークを開始し、唇で肉棒を刺激しはじめる。

（ううっ。これが、フェラチオなのか！）

初めて味わう心地よさに、健太はたちまち酔いしれていた。

唇でしごかれると、自分の手とはまったく異なる快感がもたらされる。

この行為を想像したことは何度もあったが、これほど気持ちいいとはさすがに思いもよらなかったことである。もっとも、二倍の人生経験を持つ人妻のテクニックだからこそ、ここまで感じてしまっているのかもしれないが。

「ううっ……ま、真巳子先生、そのままピースをしてみて」

快感に苛まれながら、健太は欲望に任せてリクエストを出した。

すると、女教師はペニスを咥えたまま右手でVサインを作ってみせる。そうしながらも、彼女は顔を動かしてペニスへの刺激をやめようとしない。

健太は、半ば本能的にカメラを構えると、シャッターを切ってその光景を撮影した。

すると真巳子は、ピースをしたままカメラに目線をくれる。

こうしてるだけで、健太のなかにはさらなる興奮がこみあげてきた。

「真巳子先生、そろそろピースはいいよ」

心ゆくまで撮影した健太がそう言うと、女教師は右手を再びペニスに添えて、口内奉仕を再開した。

「んむっ、んぐ……んはっ、レロロ……ふはっ、チロ、チロ……あむっ。んじゅぶる……んんんっ、んむ、んむ……」

真巳子は肉棒を舐めまわし、口に咥えてストロークをするという行為を、それから何度も繰りかえした。

「ああっ！　す、すごすぎ……はううっ！」

一気に強まった快感の前に、健太は我ながら情けない声をあげていた。

もともと、撮影中から激しく興奮していたこともあり、こうして甘美な刺激を受けていると自分でも驚くほど早く射精感がこみあげてくる。

とはいえ、初めての経験で強烈な快感信号をいなす術がさっぱりわからないのだから、昂りを抑えられないのも仕方があるまい。

加えて、部員たちが練習しているすぐ横のプールサイドで、こんなことをしているという背徳感も、興奮をあおる材料になっている。

するると、真巳子がいったん口を離した。

「カウパー氏腺液が、こんなに……もうすぐ、出そうなのね？」

女教師の問いかけに、健太は「う、うん……」と素直にうなずく。

「ふふっ。それじゃあ、もっといいことしてあげる」

と笑みを浮かべて言うと、真巳子は二つの乳房で一物を挟みこんだ。そして、両手で胸を動かして肉棒をこすりだす。

（うおおっ！　こ、これはパイズリ!?）

巨乳女教師の予想外の行動に、健太は驚きを隠せなかった。

フェラチオだけでなくパイズリまでしてもらえるとは、まったく思いもよらなかったことである。

ただ、二つの大きなふくらみに挟まれた一物からもたらされる快感は、フェラチオとも自分の手とも異なっているように感じられた。もちろん、フェラチオも気持ちよかったのだが、乳房に挟まれたこの心地よさも捨てがたい。

「ふはっ、んふっ……ふふっ、気持ちよさそう。けど、もっとよくしてあげるから」

そう言って、真巳子は両手に力をこめて一物を天に向けた。そして、先端部をパックリと口に含む。

「んんっ……んっ……んじゅる……んっ、んっ……」

女教師は、手を動かして胸の谷間で竿を刺激しつつ、亀頭を舌で舐めまわしてきた。

「あううっ！　それっ……ああっ、よすぎて……はうっ！」

あまりの快感に、健太はおとがいを反らしながら甲高い声をあげていた。

あお向けになっているから、それ以上は倒れようものの、身体を起こしていたら耐えきれずに腰が砕けていたかもしれない。

肉棒全体からもたらされる快感の強さは、童貞少年に想像できるレベルをはるかにうわまわっていた。この世にこれほどの快楽があるとは、思いもよらなかったことである。

もはや、健太は意識が朦朧としてきて、自分が実は夢を見ているだけなのではないか、という錯覚すら抱いていた。

この快感をいつまでも味わっていられたら、どれほど幸せだろうか？

しかし、それはかなわない願いと言える。

「くううっ！　も、もうダメ！　ホントに出る！」

そう口走った瞬間、射精感が一気に限界点を突破して、健太は女教師の口に精液をぶちまけた。

だが、彼女は「んんっ！」と苦しげな声をもらしながらも、一物から口を離そうとはせず、スペルマをしっかり受けとめていた。

3 言いなり激写

長い射精が終わると、真巳子がようやく口を離し、精を喉の奥に流しこんだ。

「ふああ……すごく濃いのが、いっぱぁい。ふふっ、だけどまだまだ元気なのね？」

硬度を保ったままの一物を見て、女教師が笑みを浮かべてそんなことを言う。その表情は、これまでになく妖艶に思えてならない。

ただ、健太は初体験の連続で頭が真っ白になっているため、なにも言うことができなかった。

「ああ、立派なオチ×ポにフェラチオとかパイズリとかしていたら、わたしももう我慢できなくなってきたわぁ」

そんなことを言って、真巳子が巨乳を揺らして身悶えする。

そして、その場であお向けになって、少年のほうを見た。

「ねぇ、服部くぅん？　今度は、キミがわたしを感じさせてぇ」

甘い声で求められて、健太はようやく我にかえった。

ついつい、フェラチオやパイズリの快感で惚けていたが、一方的にされていただけで生の女体を充分に堪能していない、という事実に、今さらのように思いが至る。

健太は起きあがると、緊張を覚えながら女教師にまたがった。

彼女のバストはあお向けになってもふくよかさがほとんど変わらず、実に魅力的だった。ついつい、ずっと見ていたくなってしまう。

そんな気持ちを抑えこんで、少年は真巳子の胸に手を這わせた。そして、大きな二つのふくらみをわしづかみにしてグニグニと揉みしだく。

「んああっ、あんっ、そうっ！　はうっ、いいわぁ！　でも、んくっ、初めての子なんかには、あんっ、もっと優しくして、あふっ、あげなきゃ、ふああっ、ダメよぉ。あふううっ……！」

喘ぎながら、女教師がそんなことを言う。

その指摘で、健太はついつい手に力が入りすぎていたことに気づいた。

なるほど、経験者の巨乳人妻だから、いきなり強めにしても平気だったが、そうでなければ痛みしか感じなかったかもしれない。

「えっと……最初は、これくらいでいいのかな？」

健太は、手の力を弱めて聞いてみた。

「あふっ。んっ……そうね。それくらいなら……ふあっ、しばらくつづけていたら、あんっ、だんだん気持ちよくなってくるはずよぉ。ああん、だけどわたしには、もっと強くぅ」

そう求められて、少年は指にいちだんと力をこめた。

「はううっ！　あんっ、そうっ！　いいっ！　はあっ、それぇぇ！　ああっ、すごく感じるぅぅぅ！　ああんっ……！」

真巳子が、甲高い喘ぎ声をプールに響かせる。

ただし、事前の命令のおかげで、部員たちはこちらをまったく気にする様子もなく、練習をつづけていた。そうでなければ、とっくに大騒ぎになっていただろう。

（それにしても、やっぱり真巳子先生のオッパイはすごいな）

ふくらみを揉みながら、健太はついついそんなことを思っていた。

ブラジャーと衣服越しであれば、エロトラブルによってこの巨乳に触れたことは何度かある。

ただ、乳房に指が沈みこんでいく生の感触は、感動的ですらあった。ブラジャーを挟んだ時点で、この手触りは絶対にあり得ないだけに、新鮮な驚きを禁じ得ない。

そうしているうちに、抑えようのない衝動に駆られた健太は、いったんふくらみから手を離して、乳首に吸いついた。

「あんっ。そこはっ、ふああっ！」

突起に吸いつかれて、真巳子が甘い声をあげる。しかし、嫌がっているような様子は感じられない。

「レロ、レロ……チュバ、チュバ……チロロ……」

健太は、漫画やネットで見たことを思い出しつつ、乳首を舐めまわし、ときに吸いあげたりしてみた。

「あっ、んんっ、それぇ！　はうっ、いいのぉ！　突起、あううっ、感じるぅ！　ひゃうううっ……！」

真巳子が、おとがいを反らしながら甲高い声で喘ぐ。

（こんな感じでいいのかな？　えっと、空いているオッパイも、刺激したほうがいいんだっけ？）

そんなことを思いながら、片手をバストに這わせる。

「はああっ、そうよぉ！　あんっ、服部くん、ああっ、けっこう上手ぅ！　んはあっ、あああっ……！」

女教師の褒め言葉を聞く限り、とりあえずこの行為は正しいようだ。

そこで健太は、さらに巨乳への愛撫をつづけた。

「ああっ……ねぇ、オマ×コもぉ。はうっ、オマ×コも、あうっ、早くしてぇ」

間もなく、真巳子が切なそうに訴えてきた。

それを聞いて、ようやく自分が胸の愛撫に夢中になっていたと気づく。

健太は、名残惜しさを感じながらも、顔と手を乳房から離した。そして、女教師の下半身へと移動する。

すると、彼女は自ら足を広げ、水着をずらしてくれた。

「うわぁ。これが、本物のオマ×コなんだ……」

つい、そんな言葉が口を衝いて出る。

このアングルで女性器をじかに見たのは、もちろん初めてのことだった。しかも、すでに割れ目からは透明な液体が溢れ出している。

そこに愛撫をする、ましてや口をつけるということには、さすがに抵抗を覚えずにはいられなかった。

（けど、真巳子先生も僕のチ×ポにしてくれたんだし……）

そうであれば、こちらもきちんとおかえしをするのが礼儀ではないだろうか？

いや、そんなことよりも、生の女性器の感触や愛液の味を確かめるチャンスを前にして童貞の好奇心が抑えられない、と言ったほうが正しいかもしれない。

健太は、思いきって秘部に顔を近づけた。そして、割れ目に口をつける。

その瞬間、真巳子が「んああっ」と甘い声をあげた。

同時に、少ししょっぱさの混じったなんとも形容しがたい味が舌の上にひろがる。

（これが愛液……僕、先生のオマ×コを舐めたんだ！）

いったん口をつけてしまうと、もう抵抗感もなくなり、さらに秘裂に舌を這わせる。

「レロ、レロ……ピチャ、ピチャ……」

「ああー！　それっ、はううっ！　舌がっ、あふうっ、いいのぉ！　ああん……！」

真巳子の悦びに満ちた声が、プールに響き渡る。

しかし、それでも部員たちは誰一人としてこちらを気にする様子を見せなかった。

まったくもって、悪魔のカメラの支配は完璧と言うしかあるまい。

「ひゃううっ、もっと、ああっ、もっと奥も舐めてぇ！」

しばらく舐めていると、女教師がそう求めてきた。

（あっ、そうか。オマ×コは、開けるんだっけ）

と悟った健太は、割れ目に親指をかけると思いきって広げた。すると、シェルピンクの肉襞があらわになる。

その部分はいささか生々しかったが、愛液で濡れそぼっているおかげで、意外なくらい綺麗に見えた。もしかすると、彼女がまだ自分で子供を産んでいないことも、この美しさの一因なのかもしれない。

そんなことを思いながら、健太は蜜でぬめった肉襞に舌を這わせた。

「ひああっ！　それぇ！　あっ、あっ、すごいのぉ！　ひゃううっ……！」

真巳子の声が、いちだんと甲高くなる。

それだけ、彼女が快感を得ているということだろう。

ただ、そうして愛液を味わっているうちに、健太はどうしようもない挿入欲を感じるようになっていた。

実際にセックスの経験はなくても、その行為に関する知識は持っている。そもそも、女性器に自分の分身を挿入したい、という欲望は動物的な牡の本能とでも言うべきものだ。昂った状態で、この本能に抗うことなど誰にもできまい。

健太は、口を離して「先生？」とうわずった声をあげた。

それだけで、女教師はこちらの欲望を察したらしく、潤んだ目で小さくうなずいた。

「いいわぁ。早く、早くその立派なオチ×ポちょうだぁい」

と、真巳子が求めてくる。どうやら、もはや彼女も牝の本能を抑えられなくなっているらしい。

健太は緊張しながら、女教師の足の間に入りこんだ。

そして、いよいよ秘部に一物をあてがおうとしたとき。

「あの、若宮先生？　練習メニューが終わりましたけど……大丈夫ですか？」

と、水泳部員の一人が心配そうに声をかけてくる。

（あれ？　気にしないように命令していたのに、どうして？）

そんな疑問が湧いたものの、健太はすぐに理由に思い当たった。

部員たちに与えた命令は、「僕と真巳子先生がなにをしていても気にしないで練習をつづけること」というものである。しかし、それなら練習メニューが終われば、顧問の指示を仰ぎに来るのは当然と言える。

ただ、女教師と写真部員がプールサイドで結合寸前であることに、部員が驚いた様子はなかった。おそらく、彼女には顧問が床に横たわっていること以外は、おかしな状況だと認識できていないのだろう。そして、そうであれば体調を心配するのは当たり前である。

そう気づいたとき、健太はまた悪魔のカメラを使うことを思いついた。

少年は、いったん真巳子から離れて、愛撫のため横に置いてあったカメラを手にした。そして、支配モードで水泳部員の集合写真を液晶画面に表示する。

（全員、僕と真巳子先生のまわりに集合。僕たち、これからセックスをするから、みんなはそれをしっかり見守るんだ。だけど、これは水泳の練習の一環だから、疑問を抱くことはない）

とカメラに念じると、プールから出て指示を待っていた部員たちが、誘蛾灯に集まる虫のようにゾロゾロとこちらにやって来た。

「えっ？　あの、みんなどうして……？」

集合写真に写っていない真巳子だけは、今の命令の影響を受けていないために、驚きの声をあげる。

そこで、健太は女教師の画像を表示した。

(真巳子先生、水泳部員たちの前で僕とセックスをするのは、練習の一環で当たり前のことだ。それに、先生はみんなに見られながらのセックスにすごく興奮する)

と念じた途端、戸惑っていた真巳子の表情が一変した。

「ああ……みんな、わたしがこれからお手本を見せてあげるから、しっかり参考にするのよぉ」

その艶めかしい顧問の言葉に、水泳部員たちが「はいっ！」と声を揃えて応じる。

「それじゃあ、服部くぅん。早くオチ×ポを挿れてぇ」

と、真巳子に求められて、健太はカメラを傍らに置いてあらためて分身を彼女の秘裂にあてがった。

初体験が人妻で、しかも衆人環視のなかというのは、もちろん妙な緊張を覚えずにはいられない。しかし、同時に健太はやけに昂るのも感じていた。

(僕って、意外と人に見られて興奮する質《たち》だったのかな？)

そんなことを思いつつ、腰に力をこめる。すると、ペニスがヌルリと割れ目に入りこんでいった。

「んあああ！　服部くんのオチ×ポ、入ってきたぁぁ！」

真巳子が、甲高い悦びの声をあげて受け入れてくれる。

(これでいいんだな?　えっと、根元まで……)

やや戸惑いを覚えながら、健太はさらに腰を進めていった。

すると、分身が温かな膣肉にどんどん包みこまれていく。その感覚が、なんとも心地よく思えてならない。

そして、ついに健太の一物は一分の隙もないくらい女教師のなかに入りこんだ。

(こ、これが本物のオマ×コのなか……すごく気持ちいいぞ!)

初めて味わった生の秘部の感触に、健太はすっかり酔いしれていた。

想像したことはあったが、これほど膣壁がぬめって、しかもペニスに吸いついてくるとは思ってもみなかったことである。

しかも、これでもう童貞ではなくなったのだ。おまけに、人妻で全校男子が一目置く巨乳の女教師が相手なのだから、夢でも見ているような気がしてならない。

「すごーい。あんなに大きいチン×ンが、スッポリ入っちゃったぁ」

「うわぁ。オマ×コって、あんなに広がるんだ……」

「初めてだったら、けっこうつらいんじゃないかな?」

周りから、女子部員たちのそんな感想が聞こえてくる。

そうした声を耳にすると、見られていることをあらためて意識して、再び激しい興奮がこみあげてきた。

「先生、動くよ?」

「はああ……いいわぁ。して。いっぱい動いてぇ」

そう言って、真巳子が腰に足を絡めてくる。

これでは動きにくくなると思ったが、おそらく初体験の少年が抽送で失敗して抜けてしまわないように、という配慮なのだろう。

興奮していても、そういうところに気がまわるあたり、彼女の性格がよく出ていると言える。

健太は湧きあがる欲望を抑えられず、女教師の腰をつかんで、本能のままに荒々しく腰を動かしだした。

4 騎乗位指導

「ああっ、服部くんのオチ×ポ、ふあああっ、奥まで来てすごいのぉ!」

若宮真巳子は、服部健太の抽送によってもたらされる快感に、思わずそんな悦びの声をあげていた。

部員たちに見られながらセックスをすることに、もちろん「恥ずかしい」という思いはあった。しかし、「これは練習の一環なのだから、教え子たちの参考になるようにしなくては」という強い気持ちが、羞恥心を抑えこんでしまう。

（だけど、わたしどうして服部くんとセックスしているの？　さっきも、急に服部くんのオチ×ポが欲しくなって、フェラとかパイズリとかしてしまったし……）

そんな疑問が、快感に支配された心によぎる。

真巳子は自分自身もさることながら、義娘の朱乃が特に迷惑を被っているため、健太に対していい印象をまったく持っていなかった。それに、普通の写真ならまだしも、彼が部活中の写真を撮りたがることにも、嫌悪感を抱いていたのである。

正直、教師と生徒という間柄でなかったら、徹底して敬遠したいくらいだ。

そのはずだったのに、今日はなぜか「喜んで撮影に応じなくては」という思いに支配されて撮影許可を出し、しかも求められるままに少し恥ずかしいポーズまで取ってしまった。

（あんな格好、恒一《こういち》さんにも見せたことがないのに……）

夫の前ですらしたことのないポーズを、どうして生徒の少年に見せてしまったのか？　いや、それどころかどうして彼の一物を受け入れているのか？

その理由が、自分でもさっぱりわからない。

「先生、すごく気持ちいい！」

そんなことを言って、健太がさらに腰の動きを強める。

「ああーっ！　それっ、はううっ！　子宮にっ、きゃううっ、来てるぅ！　ああっ、あんっ、あんっ……！」

少年によってもたらされる快楽に、真巳子はたちまち夢中になって喘いでいた。

（すごく気持ちよくて……わたし、もしかして服部くんのことを……？　ううん、わたしが愛しているのは恒一さんだけよ！）

朦朧とした脳裏に湧きあがりかけた思いを、なんとか懸命に理性で否定する。

真巳子が、夫の若宮恒一と出会ったのは、今から六年前になる。

出会いは偶然だったが、真巳子はもちろん恒一のほうも運命を感じたそうで、二人はすぐ惹かれ合うようになった。

もちろん、彼が出会う四年前に妻を病気で亡くしていたこと、そして子供がいることを聞かされたときは、さすがに驚いた。しかし、恒一に二人の娘を紹介されたとき、真巳子はすぐに彼女たちの母親になる決意を固めたのである。

幸い、朱乃と紫乃も真巳子に懐いて、父親の再婚を快く受け入れてくれた。

彼女たちは、妻の死後に恒一が仕事と家庭の両立で苦労している姿を見てきており、父に幸せを取り戻して欲しいという思いがあったらしい。それになにより、二人もまだ母の愛が恋しい年頃だった。

そうして四年前、真巳子は恒一と結婚して、朱乃と紫乃の義母になったのである。

正直、教師を辞めずに結婚したこともあり、妻として、また母親としてきちんとやれているかは、今でもあまり自信がない。

作れる料理のバリエーションも少なく、よく朱乃と紫乃が分担して夕食や朝食の準備をしてくれているし、むしろ彼女たちに助けられている気もしている。

ただ、それでも真巳子は最愛の人と二人の義娘に囲まれて幸せだった。

それに、恒一と出会う前は生徒たちとの距離感に悩むこともあったが、家庭を持ったことで教師としても指導者としても一皮剝けた、と自他共に認めている。これも、夫と二人の義娘のおかげだろう。

(だから、わたしが恒一さん以外の男の人を……ましてや、生徒を好きになることなんて、絶対にあり得ないわ！)

真巳子は、少年からもたらされる快感に流されそうになりながらも、そう強く思っていた。

しかし、幸せいっぱいの真巳子にも唯一、大きな不満があった。それは、結婚から四年が経っても愛する人との間に子供ができないことである。

もちろん、義娘たちのことは本当の子供のように愛している。だが、やはり最愛の夫との間に血のつながりのある子供が欲しい、という思いが生じるのは、生物の本能と言ってもいいだろう。

当然、夜の営みを怠っているわけではなかった。しかし、妊娠する気配がまるでないのである。

恒一と前妻との間に子供が二人できている以上、問題があるとすれば自分のほうである可能性が高い。

夫に愛されている自覚があるからこそ、子供ができないことがつらい。

そんな思いがあるせいか、最近は彼とセックスをしていても今一つ快感に没頭できなかった。

ところが、こうして健太に貫かれていると、妙にあれこれと考えたりせず、欲望のままに快感を味わえる。

このような感覚になるのは、久しぶりのことだった。

(わたし、子供ができないことに、自分でも気づかないうちに焦りを覚えていたのかもしれないわね)

そんな気持ちのままでは、愛する人とどれほど営みを行なっても、うまくいくはずがあるまい。

(だいたい、今は部活の指導なんだから、わたしのエッチな姿をみんなにもっと見せてあげないと)

という使命感にも似た思いも、開き直った真巳子の心にこみあげてくる。

「服部くん、もっとぉ！　わたしの腰を持ちあげて、もっとズンズンしてぇ！」

湧きあがる欲望のままに、真巳子はそう口走っていた。

すると、健太が言われた通りに腰を持ちあげ、ピストン運動をさらに激しくする。

「ああー！　そうっ！　ふあっ、それぇ！　ああんっ、奥にっ、きゃううっ、届くぅう！　はううっ、あああっ……！」

鮮烈な快感がもたらされて、真巳子は大きな喘ぎ声をプールに響かせた。

もちろん、童貞だった少年の動きは、荒々しいがぎこちない。しかし、身体が非常に敏感になっているおかげで、充分な快感がもたらされる。

「服部くんの腰使い、バッタの参考になるかも」

「クロールの参考になるところは……あんまりないかなぁ？」

部員たちの、そんな声が横から聞こえてくる。

どうやら、それぞれが自分たちの種目の参考にしようと、熱心に観察しているようである。

（この子たちを、来年こそは全国の舞台に立たせてあげたい）

そんなことを思うと、この「指導」をしっかり務めなくては、という使命感があらためて湧きあがってきた。

真巳子は、中学生までは全国大会の上位に入るほどの実力を持ち、将来を嘱望される選手だった。しかし、高校に入る前から急激にバストが大きくなり、身体のバランスが崩れてタイムが伸びなくなってしまったのである。

結局、選手の道を諦めて指導者になることを志し、大学ではスポーツ科学を学んだ。

そうして、卒業後に流桜館高校に勤めてから十年あまり。当初は、大した成績ではなかった水泳部だったが、選手が徐々に大会の上位に入るようになり、最近は県内の強豪校の一つに数えられるようになった。

今年の夏の県予選では、全国大会出場を目指していたが、あと一歩というところで一人も目標を達成できなかった。それが、部の予算の関係で遠征などの予定を充分に組めず、公式試合以外で他校と競い合う機会をほとんど持てなかったことが一因なのは間違いない。やはり、試合勘というのは、習うより慣れるものなのである。

もちろん、それは水泳部に限ったことではなかった。紫乃がいる新体操部でも、全国大会に出た朱乃が所属するテニス部でも、予算不足に頭を悩ませていた。

ただ、少子化が進む昨今、学校としても部活に使う予算を無制限に増やすことはできない。

そこで思いついたのが、特に文化部で活動実態がないのに部費をもらっているところを廃部にすることだった。

一件あたりの額は大したことがなくとも、ちりも積もれば山となる。それらを活躍している運動部にまわせば、少なくとも来年度以降の活動費を増額させられるはずだ。また、学校側としても活動実態のない部を潰してしまえば、今後の無駄な支出を抑えられるのだから、さすがに文句はあるまい。

そう考えた真巳子は、職員会議や生徒会の役員会でこの方針を訴えて、教職員と生徒会の役員たちを説得したのだった。

そして、廃部の第一候補とされたのが、部員が問題児の健太だけになった写真部だったのである。

（それなのに、わたしは服部くんが写真を撮ることを許してしまった。なぜ？　それに、どうして彼を相手にして、みんなに指導をしているのかしら？）

そんな疑問が、今さらのように真巳子の脳裏をよぎる。

だが、少年の一物が子宮口を突きあげるたびに発生する快電流は、余計な思いをたちまちかき消してしまった。

「ああっ、気持ちいい！　あんっ、これっ、はううっ……！」

自然に、そんな甲高い悦びの声が口からこぼれ出る。

「あたし、なんだか変な気分になってきちゃった。これも、練習のはずなのにぃ」

「ん、わたしもぉ。どうしてだろう？」

という声が聞こえてきて、そちらに目を向けてみる。すると、一部の部員が顔を赤くして、自分の太股を手で隠しながらこすり合わせていた。いや、それどころか指をわずかに動かして水着越しに秘部を弄っている者もいる。

おそらく、目の前で繰り広げられているセックスの淫気に当てられてしまったのだろう。

（ああ……わたし、みんなの前で服部くんとセックスしているんだったわ。こんな練習をしたの、わたしも初めて……）

だが、部員たちに見られていることを意識すると、いちだんと興奮が増していく気がする。

ところが、そうして昂ってくるにつれて、今度は健太の動きに不満を抱くようになってきた。

若い少年の腰使いは、ひたすら欲望任せで荒々しい。それはそれで気持ちいいのだが、もたらされる快感があまりにも単調だ。

若者同士のセックスならまだしも、真巳子は彼の二倍も生きているし、ついさっきまで童貞だった少年とは、重ねてきた経験が違う。そうなると、この単調な動きに不満が生じるのも仕方があるまい。

「あんっ、服部くん。ちょっと待って」

「えっ？　あの、もしかして気持ちよくなかった？」

女教師の訴えに、健太が腰の動きをとめて首をかしげる。

「ううん。気持ちよかったけど、キミに動いてもらうだけじゃ部員の練習の参考にならないかなって。だから、今度はわたしが上になってあげる。いったんオチ×ポを抜いて、床に寝そべってちょうだい」

少年を傷つけないように、真巳子はあえて自分の不満を口にせず、「練習」を言いわけに使った。

その言葉に、健太は「うん」とうなずき、素直に腰を引いて一物を抜く。

こういうところはまだ初々しく、まるで水泳の初心者を見ているようで可愛らしく思える。

健太が床に寝そべると、真巳子はすぐ彼の腰にまたがった。そして、蜜で濡れた剛棒を握る。

それだけで、健太が「うあっ」と気持ちよさそうな声をあげた。

ペニスをあらためて見てみると、すでに愛液以外の液体が先端の割れ目から溢れ出している。

（すごい。恒一さんなんて、一回出したらその日はほとんど無理なのについつい六歳年上の夫と比べて、真巳子は驚きを隠せずにいた。

先ほど、あれだけ射精したというのに、もう射精寸前まで昂っているのは、彼の若さなのか、それとも初体験の興奮ゆえか、その点はさすがに見当がつかない。

ただ、同時に真巳子は妙な嬉しさを感じていた。

(わたしの身体で、わたしとのセックスで、服部くんはこんなに興奮してくれている……わたし、まだ若い子からも「女」として見てもらえているんだわ)

もちろん、三十四歳は女盛りと言えるだろうし、数少ない男子生徒たちの視線が自分の大きな胸をよく見ていることにも、真巳子は気づいていた。

ただ、結婚して四年が経ち、「妻」や義理とはいえ「母親」という役割に慣れてくると、自分が一人の「女性」として枯れているような気がしてならなかったのである。

ましてや、子供が欲しいのにできない状況があると、「女」としての自信がなくなってしまう。

だが、こうして若者のペニスがいきり立っているのを見ると、すべて自分の思い過ごしだという気持ちになれる。

(欲しい。服部くんのオチ×ポ、またなかに挿れて、思いきりズンズンしたい)

そんな欲望を抑えられなくなり、真巳子は肉棒の先端部を自分の秘唇にあてがった。

「わぁ。先生、本当に自分で挿れるんだぁ」

「あれって、騎乗位っていうんだよね？」

という部員たちの声が、横から聞こえてくる。

そうして、見られながらすることを意識すると、さすがにやや緊張を禁じ得ない。

(でも、これも水泳の指導の一環だから、我慢しなきゃ)

正直なところ、自分でもこれのどこが指導なのか、理解できていなかった。だが、とにかく健太とのセックスを見せることが部員たちのためになる、という確信めいた思いだけがある。

真巳子は意を決し、腰を沈めた。

すると、一物の挿入感とともに鮮烈な快感が脊髄を貫く。

「んあああ！　このオチ×ポぉぉぉ！」

危うく絶頂に達しそうな心地よさに見舞われて、思わず悦びの声が口を衝いた。

真巳子は、大学時代に処女を捨ててから恒一と結婚するまで、数人の男性との交際経験があり、セックスもそれなりにしてきた。しかし、昔の恋人たちはもちろん、愛する夫のペニスでさえ、これほどの快感をもたらしてくれたことはない。

奥まで挿入すると、真巳子は少年の腹に手を突いて上体を支えた。そうしないと、彼に抱きついてしまいそうだ。

「んっ……すごいわぁ。服部くんのオチ×ポ、奥まで届いてるのぉ」

ついそんな言葉がこぼれ出てしまう。

自分が上になると、彼の一物が子宮口までしっかり届いているのがわかった。

それを感じているうちに、早く上下に動いて子宮を思いきり突きあげてもらいたい、という欲望がこみあげてくる。

しかし、真巳子はその思いをなんとか抑えこんだ。

(服部くん、大きく動いたらすぐ射精しちゃいそうだったし、それじゃあ指導にならないわ)

あくまでも、これは部員たちへの「指導」であって、自分が快楽を貪るためにしていることではない。

そう考えて、真巳子は胸を揺らし腰を水平にくねらせはじめた。もっとも、充分な大きさを誇る少年のペニスは、それだけで膣壁から心地よさをもたらしてくれる。

「はっ、ああっ、ああんっ！　んんっ、服部くん、あふっ、どうかしらぁ？」

「ああ……すごく気持ちよくて、とってもエッチだよ、先生」

女教師の問いかけに、健太がうわずった声で応じる。

その少年の反応は、真巳子を満足させるものだった。

「若宮先生の腰使い、すごくエッチぃ」

「ああやって動かすと、気持ちいいんだぁ」

部員たちのそんな感想が耳に届くと、ますます昂ってきて「指導」ということを忘ば、歓迎すべきことかもしれない。

「先生、また部活を撮影しに行ってもいい？」

「えっ？　ええ。写真部が廃部になったほうが、わたしにとっては都合がいいんだけど……また、いつでも来てちょうだい。それじゃあね」

健太の言葉に、真巳子がやや困惑した様子を見せながら応じて、職員室に向かって歩いていった。

おそらく、女教師のなかに写真部を廃部にしたい気持ちと、写真を撮ってもらいたい気持ちが相反する形で存在していて、自分自身でも混乱しているのだろう。

とにもかくにも、彼女に関しては悪魔のカメラの力を使わなくても、もう撮影の問題はなくなったようである。

もちろん、これを使えばエッチな写真を撮影し放題だし、それどころかまた女教師とのセックスに耽ることもできるのだ。

（今さらだけど、悪魔のカメラは本当にすごいな。これさえあれば、僕はどんな望みだってかなえられるかもしれない）

そう思うと、健太は自分のなかに新たな撮影意欲が、フツフツと湧きあがってくるのを感じていた。

II 新体操部～レオタードを独り占め！

1 次は誰？

「やっぱり、真巳子先生ってすごくグラマーだよなぁ」

放課後、パソコンに移動させた女教師の写真のデータを眺めながら、健太は頬がゆるむのを抑えられずにいた。

恥ずかしそうに胸を突き出したり、女豹のポーズを取ったりしている真巳子の姿は、こうしてディスプレイ上で見ても三十代とは思えないほど魅力的だ。

ましてや、健太は彼女にフェラチオやパイズリをしてもらい、胸の感触も味わったうえにセックスをして、中出しまでさせてもらったのである。

おかげで、ここ数日は自慰のオカズにも不自由していない。

しかも、悪魔のカメラで支配している限り、真巳子は健太の言うことならなんでももちろん、支配モードで強引に撮影して、許可を出させることは可能だ。

だが、これだけ大声で拒まれたあとにあまりにも急に態度が変わると、さすがに他の部員から怪しまれてしまうかもしれない。

そう考えた健太は、「わかったよ」と応じて、スゴスゴとテニス部をあとにした。

(それにしても、やっぱり朱乃ちゃんは勘がいいな。ああいう人間が相手だと、支配モードの制約がつらいよ)

今さらだが、そんなことを思わずにいられない。

悪魔のカメラの特殊能力は、どれもテレビの映像や雑誌の写真では効果を発揮しない。どのモードを使うにせよ、相手を直接撮影して初めて効果が出るのだ。

それでも、普通ならばそう大した制約とは思わないだろう。なにしろ、こちらのターゲットはテレビの向こうのアイドルなどではなく、あくまでも同じ学校に通っている人間なのだ。

ところが、こと朱乃に関しては話が違った。なにしろ、彼女はカメラに対して驚くほど敏感で、学校のなかや部活動中の姿の撮影を試みても、レンズを向けようとしただけで気づいて、強く拒んでくるのである。それは健太のカメラに限らず、他の人間が携帯電話のカメラを向けても同様だ。

さすがに、試合のときはカメラを気にしていないようだが、彼女の写真嫌いは学校内でもかなり有名だった。

おそらく、朱乃はもともとその手のことに神経質なのだろう。

加えて、健太は彼女に嫌われているので、クラスメイトでありながら近づくのも容易ではなかった。

「となると、やっぱり新体操部を先にするべきか？　けど、新体操部の練習風景を撮ろうとしたら、顧問か生徒会の許可が必要……あっ、そうだ！」

独りごちて考えこんだ少年だったが、許可を取るための方法を思いついてポンと手を叩いた。

そして、思いつきを実行するため、ただちに生徒会室へと向かうのだった。

2　生徒会攻略

生徒会室は、食堂棟の二階に設けられており、隣には各種の委員会などを開く際に使用する会議室や資料室がある。ただ、このフロアにはなにかの委員会などの用がない限り、生徒会役員以外の生徒が立ち入ることは滅多にない。

健太は、生徒会室の前に立つとドアをノックした。すると、「どうぞ」という女性の声が聞こえてきた。

「まぁ、そう見られるのは仕方がないけど……撮影、ダメかな？」

「う〜ん、そうねぇ……」

と、詩音が腕組みをして考えこむ。

「会長、理由はどうあれ、仕事の邪魔にならなければいいんじゃないですか？」

助け船を出してくれたのは、副会長の碧衣である。さすがに、彼女は性格がいいと評判なだけあって、健太の申し出を一応は好意的に受けとめてくれたらしい。

「……そうね。仕事の邪魔をしないのであれば、とりあえず五分くらい撮影してもいいわ。だけど、くれぐれもわたしたちに近づきすぎないように」

副会長にうながされ、詩音は撮影の許可を与えつつ、ジト目で釘を刺してくる。どうやら、健太がエロトラブルを起こしやすい体質と知っていて、自分たちが巻きこまれることを警戒しているようだ。

「ああ、大丈夫。一枚目は、ここから撮るから」

そう言って、健太はカメラを構えた。どんな形であれ、支配モードで頭を写してしまえば、あとはこちらの思いのままである。

少年は、六人の役員全員を液晶画面内に収めるとシャッターを切った。

そして再生ボタンを押すと、役員たちの写真が表示される。

（さて……女子はこの場に残って、僕以外の男子はもう帰るんだ。男子の二人が先に

帰るのは当たり前のことで、誰も疑問には思わない）

そう健太が念じた途端、机に向かっていた悟と一が顔をあげた。

「会長、今日はもう帰ります」

「あ、俺もなんだか帰りたくなった」

「ええ、いいわよ。今日は、もうそんなにやることもないし。お疲れさま」

二人の男子に対し、詩音が表情も変えずに応じる。

「お疲れさまでした」

「お疲れさまです」

「お疲れさま」

碧衣と美桜と千秋も、特に疑問を持った様子もなく二人の男子に声をかける。

そうして、悟と一は荷物を片付けると、バッグを持って生徒会室から出ていった。

男子二人がいなくなったところで、健太はあらためてカメラを構えた。そして、シャッターを切って女子役員だけの写真を撮る。

これで、この場での支配対象を女子の四人だけに絞りこむことができる。このほうが、命令を与えやすくなって都合がいいのだ。

ちなみに、新しい写真を撮ったため、先ほどの六人の写真で今後、支配対象となるのは男子の二人だけである。ただ、先々のことを考えたら、悟と一の写真も後日、あらためて撮影したほうがいいだろう。

「四人とも、仕事をやめて僕の前に並ぶんだ」

画像を出してそう命じると、詩音と碧衣と美桜と千秋はすぐに作業の手をとめた。そして、いっせいに立ちあがって健太の前に並んで立つ。

こうして並ぶと、会長の詩音をはじめ役員たちはそれぞれタイプこそ違うものの、なかなかの美少女揃いである。

なかでも、副会長の碧衣は顔立ちもさることながら、スタイルも非常にいい。

「それじゃあ、四人ともこれから僕が出す指示には、なんの疑問も持たずに従うんだ。それと、僕に写真を撮られることが、みんなはとても嬉しい。さあ、それぞれ好きなポーズを取って」

そう命じると、四人は思い思いのポーズを取った。

だが、もちろんそのまま撮影するつもりなどない。

健太は、透視モードにダイヤルを合わせると、十字キーで感度をあげる操作を行なった。

すると、液晶画面に映る四人の制服が透けていき、下着姿が見えてきた。

（へぇ。会長……天城先輩って、大人びた感じなのに、イチゴ柄のブラとパンツなんだ。佐橋さんは可愛い顔をしているのに、黒のレースの上下か。意外だなぁ。岡本さ

んはイメージ通り飾り気のない白で、本多先輩はピンクの花柄か)

こうして下着を見ると、もっとも偉い生徒会長が実は意外に子供趣味で、可愛らしい容姿の副会長がアダルト趣味だとわかり、人は見かけによらないことをあらためて思い知らされた気がする。

健太は、彼女たちの下着姿の写真を何枚か撮った。

(そうだ! 悪魔のカメラで、まだ試していない機能があったっけ)

そのことを思い出して、健太は支配モードにまたダイヤルを合わせて四人の画像を表示する。

(これから自分の身になにが起きても、みんなは絶対に疑問を持たない)

そう念じてから、健太は服のマークにダイヤルを合わせた。

すると、液晶画面にウエディングドレスやパーティードレス、セーラー服などさまざまな衣装の画像が九分割されて出てきた。

デジタルカメラの小さなモニター画面で九分割されると、さすがにいささか見づらいのだが、とりあえずどんな衣装なのかが確認できれば支障はない。

十字キーの右側を何度か押すと、さらに別の衣装の画像が出てきた。

健太は、肩から胸の上まで丸出しになるバニーガールの衣装を選択して決定キーを押した。それから、まだポーズを取っている四人をフレーム内に入れてシャッターを切る。

　すると、それまで制服だった彼女たちの服装が、一瞬で先ほどの画像通りのバニースーツに変わった。

　これは、「着せ替えモード」と言って、液晶画面内の対象の服を、あらかじめ選択した画像の衣装に一瞬で着替えさせる、というものである。

　もちろん、放っておけば数分で元の服に戻ってしまうので、コスプレ写真を撮るという以外の実用性には乏しいモードと言えるだろう。とはいえ、女の子にいつもと違う服装をさせるのも、なかなか面白いものだ。

　一瞬で自分の衣装が替わったものの、あらかじめ「なにが起きても絶対に疑問を持たない」という命令のおかげで、四人とも何事もないような顔をしている。

（へぇ。さすがに、体つきがずいぶんと違うな）

　制服と違って、バニースーツは胸や身体のラインがはっきり出る。そのため、それぞれのスタイルの差がよくわかった。

　生徒会長の詩音は、透視したブラジャー姿ではもっと巨乳に見えたが、この格好だとほどほどのバストサイズだ。おそらく、寄せてあげるタイプのブラジャーで胸を大きく見せていたのだろう。

　副会長の碧衣は着やせするタイプで、服の上から想像していたよりもさらにバストが大きかった。そのため、この格好をすると胸の谷間がはっきりとわかる。

書記の美桜は、見栄を張る性格でもないためか、透視したときにわかっていた通り大きくも小さくもないバストサイズだ。ただ、彼女の場合、見るからに生真面目そうな顔なのにバニースーツという現在のギャップが、むしろ魅力と言えるだろう。

会計の千秋は、胸にふくらみがほとんどないため、バニースーツがズレ落ちてしまうのではないか、と心配になるほどだ。しかし、そのいつも眠たげな表情と貧乳と衣装がミスマッチのような、意外に合っているような微妙な雰囲気を作り出している。

(それにしても、男二人を帰らせておいてよかった)

少女たちの姿を見ながら、健太はついそんなことを思っていた。

着せ替えモードは、カメラのフレーム内にいる人間すべてに作用する。もちろん、性別など関係ない。したがって、万が一にも男子がフレームに入っていたら、どうなっていたか……。

健太は、嫌な想像をあわてて脳裏から振り払った。そして、少女たちに向き直る。

「じゃあ、みんなポーズを変えてみよう。そうだね。立ったまま手を膝について、顔をこっちに向けてよ」

そう指示を与えると、四人は言われた通りのポーズを取った。

バニーガールの衣装でこのポーズをすると、それぞれの胸囲の格差がはっきりとわかる。特に、碧衣と千秋の差はいささか可哀想になるくらいだ。

（まぁ、オッパイは単に大きければいいってもんじゃないけど……）

そんなことを思いながら、健太はノーマルモードにダイヤルを合わせた。

「それじゃあ、撮るよ」

と声をかけ、健太は生徒会役員たちのバニーガール姿をカメラに収めていった。

もしも、心を支配していない状態で彼女たちがこの写真を見たら、きっと卒倒するほど驚くに違いあるまい。

何枚か撮影したところで、健太はまた着せ替えモードにダイヤルを合わせ、今度はナース服を選択してシャッターを切った。

すると、四人の衣装が一瞬でナース服に変わる。

「それじゃあ、四人とも注射器を持つようなポーズをして」

その少年の指示に、生徒会役員たちは素直に従った。

美少女ナースの写真を、角度を変えて何枚か撮影すると、健太はまた着せ替えモードにして、今度はミニスカ婦警の衣装を選んだ。

そうしてシャッターを切り、四人をミニスカ婦警にする。

さらに、いくつかの衣装の写真を撮ると、健太はセクシーなパープルの下着とガーターベルトの画像を選択した。

シャッターを切ると、四人の衣装が画像通りの下着姿になる。

（おおっ、これがガーターベルト！　生で見ると、なかなか色っぽいもんだな）

健太は、ついついそんな感動に浸っていた。

ガーターベルトをしていると、普通の下着でも何割か増しで色気が増して見えるだろう。加えて、着せ替えモードのサンプルにあった下着はセクシーなものなので、なおさら色っぽい。

ただ、四人とも同じ格好になると、体型によって魅力が異なるように思えた。

「それじゃあ、今度は自分が一番色っぽいと思うポーズを取って」

と指示を出すと、四人がそれぞれにポーズを取る。

健太は、その写真も何枚か撮った。

「よーし。じゃあ、みんなその場でゆっくり一回転して」

健太のその指示に、四人は素直に従った。

後ろを向くと、下着がＴバックでヒップが丸見えになっているため、お尻の形がはっきりわかる。

それも写真に収めて、健太はようやく撮影の手をとめた。

「いや～、満足満足。これだけいい写真を撮れたら、もう帰っても……って、肝心なことを忘れるところだったよ」

健太は、ようやく自分が本来なにをしに生徒会室へ来たのかを思い出した。

ついつい撮影に夢中になって、危うく本筋を忘れるところだったのである。

「それにしても……よく考えてみたら、生徒会の全員が僕の言いなりになったんだから、写真部を廃部にさせないようにすることもできるな」

と、少年は独りごちていた。

実際、詩音をはじめ生徒会メンバーがこぞって反対すれば、学校側もそれを無視して活動実績のない部を潰す、という方針を強行はできまい。

しかし、つい先日まで廃部に賛成していた生徒会が急に反対に転じると、教師から余計な勘ぐりを受けかねない。面倒事になるのは、健太としても本意ではなかった。

(だいたい、悪魔のカメラがあれば、廃部をやめさせることなんていつでもできる。それよりも、今は会長に頼まなきゃいけないことがあるんだった)

そう思い直して、健太は生徒会長に向き直った。

「会長、僕に新体操部の写真を撮るための許可を出して。いや、許可を出すんだ」

「ええ、わかったわ」

セクシーランジェリー姿の詩音は、疑問を挟むこともなくうなずき、席に戻って書類の用意をはじめた。

3　団体ご奉仕演技

翌日、健太は昼のうちに新体操部の顧問の元へ行き、生徒会長発行の撮影許可証を見せて練習風景の撮影の許可を得た。

ちなみに、詩音は「来年度の卒業アルバムに使用する写真を、あらかじめ多く用意しておく」ということを撮影の理由として記載していた。

今年度については、すでに三年生が引退しているし、なにより五月までに必要な写真をすべて撮り終えているらしいので、今さら追加で撮影というのは不自然である。その点、来年度の卒業アルバムに使うのであれば、いささか早い気もするがおかしな話ではない。

そして、プロのカメラマンではなく同じ生徒である健太であれば、生徒たちのより自然な表情や姿を撮れるはずだ。

詩音は、撮影許可を出した理由に、そのようなことを書いたのである。

新体操部の顧問の女性教諭は、どこか納得のいかない表情を見せていたが、最終的には健太による練習風景の撮影を許した。なにしろ、公明正大で知られる生徒会長がじきじきに出した許可なので、いくら撮影者が問題児とはいえ無下に断ることもできないのだろう。

放課後になり、健太は胸を躍らせながら、原則男子禁制の新体操部の練習場へと足を踏み入れた。

ここは、一面だけとはいえ十三メートル四方の演技スペースがきちんと作られており、また天井の高さも充分にある、新体操部の専用練習場になっている。

もちろん、新体操部だけでなく剣道部や柔道部や卓球部なども、専用の練習場を持っている。そうしたことからも、流桜館高校がスポーツにどれだけ力を入れているかがよくわかるというものだ。

「はいっ。一、二、三、四……」

顧問のかけ声に合わせて、紫乃を含む十五人の部員たちがジャージ姿で柔軟体操をしている。

ただ、さすがは新体操部と言うべきか、開脚にせよ上体反らしにせよ、部員たちの身体の柔らかさが一般人の比ではないのは一目見れば明らかだ。

健太が入ってくると、女教師がかけ声をやめた。同時に、柔軟体操をしていた部員たちの視線が、いっせいにこちらに集まる。

「あら、来たわね？　みんな、さっきも言った通り、今日は写真部の服部くんが来年度の卒業アルバム用の写真を撮ります。だけど、だからと言って緊張しすぎないように。普段通りを心がけましょう」

という女教師の指示に、部員たちが声を揃えて「はいっ」と返事をする。

ただ、そのなかにいる紫乃だけは、表情をあからさまにこわばらせていた。やはり、数日前のエロトラブルのせいで、嫌悪感か警戒心を抱いているらしい。

「それじゃあ、各自、練習を開始。個人は、それぞれ得意種目の基礎練習から。団体の五人は、まずいっぺん音楽に合わせて通しで演技をしてみましょう。最初は失敗を気にしないで、演技を大きく見せることを意識しなさい」

顧問の指示に、紫乃を含む部員たちが「はいっ」と応じていっせいに動きだした。

指示から部員たちの動きまでのテンポがあまりにもよかったために、少年が制止する暇もない。

(集合写真を撮って、全員をまとめて支配したかったんだけど、こうなったら仕方がない)

そう考えながら、健太は悪魔のカメラを取り出した。そして、モードダイヤルが「支配」のマークに合っているのを確認してからカメラを構えると、まずは演技スペースの外側に移動した顧問に向かってシャッターを切る。

これで、彼女はもう健太の言いなりだ。

(先生は、このあと僕が部員となにをしていても気にならなくなる。僕のことも、僕と一緒にいる部員のことも気にしないで、他のみんなの練習を見ているんだ)

女教師の画像にそう念じると、健太はさっそく移動を開始した。

顧問は、こちらをまったく気にする様子もなく、ジャージを脱いで練習用のレオタード姿になった五人の選手がやって来るのを待っていた。全員がフープを手にしていることから見て、どうやら、彼女たちが団体のメンバーらしい。

健太は、まず整列した五人にレンズを向け、支配モードのままシャッターを切った。それから、周囲を見まわして、残る十人の部員のうち紫乃以外の九人がジャージを脱いでいるところを、まとめて液晶画面内に収めてシャッターを切る。

これで、紫乃を除く新体操部員は、健太の言いなりになった。

一方、肝心のサイドテールの少女はと言うと、まだジャージ姿のまま念入りにストレッチをしていた。しかも、健太がカメラを向けると、彼女はすぐに気づいてそそくさと場所を移動してしまう。

朱乃ほどではないにせよ、その勘の鋭さはさすが姉妹と言うべきか。

「紫乃ちゃん、そうやって逃げられたら、写真が撮れないじゃん」

たまらず、健太はそう声をかけた。

「えっと、そう言われても、服部先輩って……」

と、少女は怯えた表情を浮かべる。やはり、先日のエロトラブルで彼女の健太に対する印象はかなり悪くなっているようだ。

「ああ、わかったよ。近づかないから、とにかく一枚だけ撮らせて」

健太は、なに食わぬ顔でそう言った。

「……うん。わかった。近づかないでよね」

やや間を空けて、ようやく紫乃が首を縦に振った。

（一枚でも、撮れさえすればこっちのものなんだけどね）

健太は内心でほくそ笑みながら、カメラを構えて彼女の上半身を液晶画面に収めた。

そして、シャッターを切る。

（紫乃ちゃんは、もう僕のことが苦手じゃなくなる。それどころか、写真を撮ってもらえるのが嬉しくなる）

画像を表示して、カメラにそう念じるなり、少女の様子が一変した。

「ああん、服部せんぱぁい。写真、もっと撮ってぇ」

そんなことを言って、紫乃が潤んだ目を向けてくる。

「それじゃあ、ジャージを脱いでよ」

「うん。けど、笑わないでね。あたし、お姉ちゃんと違ってあんまり身体に自信がないから」

と言いつつ、紫乃がジャージを脱ぎだした。

そうして、練習用のレオタード姿になった少女を近くで見たとき、健太は思わず

「へぇ」と感嘆の声をもらしていた。

彼女は、姉の朱乃より背が高くて手足がスラリと長いものの、胸は小さくて痩身気味だった。レオタード姿になると、そのことがはっきりとわかる。

とはいえ、程度に多少の差はあるものの他の部員たちも、皆スレンダーな体つきをしている。新体操選手なので、こういうスタイルなのは当然なのだろうし、紫乃が特別に細いわけでもないのだから、あまり気にする必要はない気がする。

「それじゃあ撮るけど、紫乃ちゃんの得意種目ってなに?」

「んと、だいたいなんでもできるけど、強いて言うならリボンかな?」

少年の質問に、紫乃がやや考えながら答える。

「じゃあ、リボンを持ってなんかやってみてよ」

と指示を出すと、少女は嬉しそうに「はーい」と応じてリボンを手にした。そして、スティックをまわして器用にリボンの螺旋を作りだす。

その姿を数枚撮影したとき、音楽が聞こえてきた。そちらに目を向けると、演技スペースで団体の五人が演技をはじめたところである。

彼女たちは、音楽に合わせてフープを投げ合ったり床に転がしたりして、各々が身体の柔軟性を活かした演技を見せる。

ただ、まだ全体の調整ができていないらしく、素人目にも五人の動きにズレがあるのがはっきりとわかった。

やがて音楽が終わると、顧問の女教師の前に選手たちが集まった。

「谷崎《たにざき》さん、みんなに合わせようとするあまり、演技のテンポが遅れているわ。人の動きに合わせるのではなく、音楽でリズムを合わせなさい。天知《あまち》さんは、腕に力が入りすぎて……」

と、女教師が選手たちにアドバイスをはじめる。

（そうだ！　いいことを思いついたぞ）

健太は、顧問と団体のメンバー、さらに他の部員たちや紫乃の写真をそれぞれ表示した。そして、各々に「演技をしている選手の衣装がどんなものに変わっても、まったく気にしない」と命令を与えていく。

顧問の指導を受けた団体のメンバーは、また音楽に合わせて演技の練習をはじめた。

健太は、着せ替えモードにダイヤルを合わせると、旧式スクール水着の画像を表示した。そして、決定ボタンを押してからシャッターを切る。

すると、団体メンバーの衣装がたちまちスクール水着に変わった。

しかし、五人はそれを気にする様子もなく演技をつづける。もちろん、あらかじめ命令を与えてあるので、顧問も紫乃を含む他の部員たちも驚いたりする様子はない。

健太はダイヤルをノーマルモードに合わせて、旧式スクール水着姿で演技をする五人の姿を写真に収めた。

ワンピース型の水着だとレオタードと大差ない、と言われればその通りかもしれない。だが、これはこれでなかなか趣のある光景に思える。

それから、健太はまた着せ替えモードにダイヤルを合わせた。そして、少し迷ってから、今度はスカートが短めのセーラー服の画像を選んでシャッターボタンを押す。

すると、五人の姿が画像通りのセーラー服に変わった。

そんな格好で新体操の演技などすれば、当然の如く下着が丸見えである。それでも、演技をしている本人たちはもちろん、顧問も部員たちもそのことをまったく気にする素振りを見せない。

ただ一人、健太だけは激しい興奮を覚えながら、夢中になってシャッターを切っていた。

(これはすごい！　レオタードもいいけど、他の格好で新体操の演技をしているっていうのも、なかなか面白いぞ！)

しかし、少年が新たな衣装を選択しようとしたとき、音楽が終わって演技も終了してしまった。

そして、また五人が顧問の女教師の前に集まり、身振り手振りを交えた指導を受けはじめる。

「なんだ、ずいぶん短いなぁ？」

「団体競技は、演技の時間が二分十五秒から二分半の間って決まっているんだよ。ちなみに、個人の演技時間は一分十五秒から一分半ね」

健太の疑問に対して、傍らから紫乃が解説してくれる。

最大で二分半だと、着せ替えモードで衣装を選択してシャッターを押し、それからノーマルモードに切り替えて写真を撮る、ということを繰りかえすのは、二回が限度のようだ。特に衣装の選択に悩んでいると、撮影できる時間はどうしても限られてしまう。

（あらかじめ、どの衣装を使うか決めておかないと、時間が勿体ないな）

そう考えて、健太は着せ替えモードにダイヤルを合わせ、衣装の画像を表示した。

そして、指導が終わってまた音楽に合わせて演技がはじまったところで、五人に向かってシャッターを切る。

すると、選手たちの衣装が一瞬でクラシックなメイド服に変わった。

メイド服姿でフープを使った演技をする選手たちの姿は、どこかコミカルというか、いささか異様に思える。しかし、選手たち本人はもちろん、紫乃や顧問を含む周囲の人間は、少しもおかしなこととは思っていないのだ。

健太は、ノーマルモードでその光景をひとしきり写真に収め、それからまた着せ替えモードにダイヤルを切り替えた。

そして、素早く次の画像を選びだし、決定ボタンを押してシャッターを切ると、今度は純白のウエディングドレス姿になる。

さすがに、ドレスだと身体が重くなるのか、五人の動きは見るからに鈍ってしまう。

その写真も何枚か撮って、健太は次の画像を素早く選んでシャッターボタンを押す。

すると、演技をしている選手たちの衣装が、一瞬でシースルーのピンクのベビードールに変わった。

セクシーな下着姿になっても、なお演技をつづけている彼女たちの姿は、なんとも扇情的に思えてならない。

もちろん、その姿もノーマルモードでしっかりとカメラに収めていく。

そして、健太はまた着せ替えモードにダイヤルを切り替えた。

だが、今度は衣装の画像がない部分を選択して決定ボタンを押し、演技をつづける選手たちに向かってシャッターを切る。

すると、ベビードルが消えて選手たちは全裸になってしまった。

着せ替えモードは、液晶画面内の人間の衣装を、画像内の衣装に瞬時に着せ替えることができる。しかし、画像がなければ衣装自体が消えて、素っ裸になるのだ。

（おおっ、すごい！　片足を大きくあげると、オマ×コが丸見えじゃん！　それに、裸だと動くたびに小さくてもオッパイが揺れて、すごくエッチだ！）

全裸になりながら演技をつづける五人姿を、健太は夢中になって撮影した。

なにしろ素っ裸なので、彼女たちのバストから恥毛の生え方まで、すべてが丸見えなのである。

そうして、彼女たちが最後のポーズを取ったところで音楽が終わった。

「みんな、どうしたのかしら？　なんだか、途中で動きがおかしくなっていた気がするんだけど？」

と、女教師が集まった選手たちに問いかける。

「それが、なんだか変なんです。妙に落ち着かないって言うか……」

「あっ。それ、わかる。なんとなく、今も恥ずかしい気がして」

その言葉に、他の三人も大きくうなずいて同意した。

団体メンバーも、顧問や他の部員と同様に「衣装が変わっても気にしない」という命令を受けているため、自分たちが今、全裸であることに疑問は抱いていない。しかし、いくら頭では気にしていなくても、本能的な羞恥心まで完全に抑えることはできていないらしい。ましてや、健太が撮影していることを意識していれば、恥ずかしさを感じるのも仕方があるまい。

ただ、素っ裸の五人の少女を見ているうちに、健太の股間のモノはすっかり硬くなっていた。これは、早く一発抜かないと、暴発してしまいそうな気がしてならない。

（どうしようかな？　紫乃ちゃんに……いや、まずはあの子たちで……）

そう考えた健太は、支配モードにカメラのダイヤルを合わせた。

そして、まずは紫乃の画像を表示して「僕が誰となにをしていても気にならない。あと、僕の指示には疑問を持たずに素直に従うこと」と念じる。

さらに、他の部員たちにも、「僕が団体メンバーや紫乃ちゃんとなにをしていても気にせず練習をつづけること」と念じて命令を与えておく。

それから、顧問には「団体メンバーと紫乃ちゃんの指導は僕に任せて、他の子の指導をしていること」という命令を与えた。

最後に、健太は団体メンバー五人の画像を表示した。そして、「カメラマンの僕のアドバイスはとても参考になるから、どんな内容の指導も疑問を持たずに実行すること」と念じる。

少年がすべての命令を与え終わったところで、顧問の女教師がこちらを見た。

「服部くん、それじゃあ若宮さんと団体の指導をよろしくね」

と、彼女はまるでそれが当然のことであるかのように言う。

「うん。任せてよ」

「服部先輩。あたしはなにを練習すればいいの？」

紫乃が、そう問いかけてくる。

「そうだね。紫乃ちゃんは、僕の前でリボンの練習をしよう。だけど、僕と団体のメンバーがすることをちゃんと見ているんだよ」

その健太の指示に、少女が「うんっ」と明るくうなずいた。

「じゃあ、団体のみんな、僕のところに来るんだ」

そう少年が声をかけると、まだ素っ裸の五人がフープを持ったまま駆け寄ってきて横一列に並んだ。その真剣な表情は、まさにこれから演技指導を受けようとする人間のものである。

（おおっ、これは壮観だ！）

全裸の女の子たちが、恥ずかしがる様子もなく前で並んでいる。こんな光景を拝める日が来るとは、まったくもって思いもよらなかったことだ。

体格が近い選手を選んだのか、五人は胸の大きさに違いはあるものの、どことなく背格好が似通っている。また、髪を一様にお団子にまとめていることもあって、遠目では誰が誰かわからなくなりそうだ。

ちなみに、五人のリーダーを務めるのは、二年生の篠塚美枝《しのづかみえ》である。他に二年生の天知晴美《はるみ》と三枝明香《さえぐさあすか》、一年生の谷崎琴美《ことみ》と深水伸子《ふかみのぶこ》が、団体のメンバーだ。

いずれもスレンダーで、リーダーの美枝が一番バストサイズが大きいものの、それでも見た感じではおそらく八十センチくらいと思われる。

「それじゃあ、まず写真を撮るからね」

と声をかけて、健太はノーマルモードでシャッターを切った。

バストサイズの面ではやや不満はあるが、なかなかの容姿の五人が全裸で並んでいるのだ。この光景をきちんと記録に残しておかなければ、カメラマンとして一生後悔しそうな気がする。

もっとも、彼女たちはこれが卒業アルバムに載るかもしれない、と思っているのか、指示がなくともにこやかな表情を作っている。こういうところは、さすが「魅せる」演技が求められる競技の選手たち、と言うべきか。

ひとしきり写真を撮ると、健太はレオタード姿に戻った五人にあらためて目を向けた。

「みんな、演技の息があんまり合っていないみたいだね？」

「そりゃあ、団体がこのメンバーで固定されたのって、ほんの二週間前だし。フープを投げるタイミングとか高さとか、きっちり合わせるのって本当に難しいんだから」

美枝が、そう応じる。

もちろん、健太には新体操のことはよくわからなかった。しかし、彼女たちがやっていることが一朝一夕で身につくようなものではない、ということくらいは容易に想像がつく。

「うんうん、わかる気がするよ。だけど、みんなの呼吸を合わせるのに、すごくいい方法があるんだ」

少年の言葉に、明香が「本当に？」と驚きの声をあげる。

「うん。五人みんなで、僕に奉仕するんだ」

健太がそう言うと、五人が「奉仕？」と首をかしげた。どうやら、意味がきちんと伝わっていないらしい。

「えっとね、みんなでチ×ポなんかに奉仕をして、僕のことを悦ばせるんだ。そうして一つのことを全員でやれば、もっと息が合うようになるさ」

と、健太は適当な思いつきを口にした。

普通ならば、こんなことを言われても納得する人間などまずいまい。だが、あらかじめ「僕の指示には疑問を持たずに従うこと」という命令を受けている団体メンバーたちは、いっせいに目を輝かせた。

「そうかも！　それ、いいよ！」

「うんっ。みんなで同じことをするって、確かに大事だと思う」

美枝と晴美が、そんなことを言って同意する。

残る三人も、「なるほど」「確かにね」と納得の面持ちを見せていた。

「じゃあ、僕の服を脱がすところから、みんなでしてみようか?」

健太がそう提案すると、少女たちは「はいっ」と声を揃えて応じた。そして、少年のまわりに群がってくる。

「じゃあ、あたしはワイシャツのボタンを外すね」

「わたし、ズボンのほう」

と言って、明香と琴美が行動を開始した。

そうして、シャツのボタンがはずれると、美枝と伸子が後ろからワイシャツを脱がして、Tシャツをあらわにする。

その間に、琴美がズボンのベルトを外し、フックとボタンを外してファスナーを開けて、ズボンを床に落としてパンツを露出させた。

明香がシャツをめくり、健太の腕から抜き取る。

そして、最後に晴美が後ろからパンツをズリさげて少年の下半身をあらわにする。

「きゃっ。これっ、こんなにおっきくなってる!」

ペニスを目の当たりにした琴美が、そんな驚きの声をあげる。

「見たの、初めて?」

健太の問いかけに、一学年下の少女が首を横に振った。

「ううん。わたしの家、三歳下の弟がいるから。けど、勃起チン×ンがこんなになるなんて……」

そう言って、琴美が興味深そうに肉棒に見入る。

「でも、どうしよう？　これって、確か舐めたりすると気持ちいいはずだけど、五人で舐めるにはさすがに無理があるわよ」

と、美枝が困惑の表情を浮かべながら指摘した。

確かに、少年のペニスは充分に大きくなっているが、五人で一度に舌をつけるのはかなり難しそうだ。無理のない範囲でするには、せいぜい三人が限界だろうか？

「それじゃあ、僕は寝そべるから、三人でチ×ポを舐めたりして、残りの二人は僕の胸とか口とか愛撫しよう。それを、ローテーションでするんだ。チ×ポにするだけが、奉仕じゃないからね。みんなで、僕を気持ちよくすることが大事なんだよ」

健太の指示に、五人は素直に「はいっ」と元気よく応じる。

そうして少年が寝そべると、まずは晴美と明香と琴美がペニスに顔を近づけた。仲子は健太の乳首に、美枝が口に顔を近づけてくる。

「練習で、ファーストキスをしちゃうなんて、ちょっと勿体ないなぁ」

そんなことを言いながら、美枝がソッと唇を重ねてきた。

「んっ。ちゅっ……ちゅっ……」

なんとも遠慮がちに、少女がついばむようなキスをする。

その初々しさが、こなれた真巳子のキスとは違った興奮を生み出す。

「じゃあ、あたしはここにするね」

と言って、伸子が少年の乳首に舌を這わせてきた。

「レロロ……んふっ、チュバ、チロ、チロ……」

(ぬおっ。気持ちいい！)

意外な快感がもたらされて、健太は心のなかで呻いていた。唇をふさがれていて声を出せなかったが、そうでなかったら情けない喘ぎ声をこぼしていたかもしれない。

伸子の舌使いはなかなか巧みで、乳首を舐めまわすだけでなく、ときに突っついたりして刺激に変化を加えてくる。おかげで、健太は自分でも気づかなかった性感を指摘されたような気分になってしまう。

「それじゃあ、あたしたちも」

「オチン×ンを舐めるなんて、初めて」

「わたしも。う〜、ちょっと緊張するなぁ」

そんなことを言いながら、晴美と明香と琴美がいっせいに亀頭に舌を這わせてきた。

(ふおおっ！　こ、これはすごい！)

分身からもたらされた心地よさに、健太は心のなかで驚きの声をあげていた。

フェラチオ自体は、真巳子にしてもらっているので、その気持ちよさはすでに理解していつもりだった。だが、三人の舌が一度にペニスを這いまわると、一人に奉仕されるのとは異質の快感がもたらされる。

ましてや、三枚の舌が思い思いに分身を刺激してくるため、性電気を受け流そうと思ってもできないのである。

五人がかりの奉仕がこれほど気持ちいいとは、さすがに予想外のことだった。

するとひとしきりキスをした美枝が口を離した。

「はい、じゃあ交代。時計回りに移動しましょう」

その美枝の指示で、今度は伸子が顔のところに来る。そして、胸には晴美が、美枝はペニスのほうに移動した。

「んふふ……服部先輩とキスをするなんて、思わなかったなぁ。ちゅっ」

と、伸子はためらう様子もなく唇を重ねてきた。

そして、すぐに舌をねじこんでくる。

胸を舐めていたときの舌使いから薄々そんな気はしていたが、彼女にはこういうことをした経験があるようだ。それも、一度や二度ではあるまい。もしかしたら、すでに処女を喪失している可能性もある。

健太がそんなことを思っているうちに、晴美が胸を舐めだし、残る三人がペニスへの奉仕を再開した。

「レロレロ……ふはっ。はい、また交代ね」

しばらく奉仕をすると、また美枝が指示を出して、今度は晴美が少年の顔に、明香が胸、そして仲子がペニスへと移動する。

そして、晴美がキスをしてきて、他の四人もそれぞれの位置で奉仕をはじめる。

（くうっ。よ、よすぎだ！　気持ちよすぎて、なんだか頭が変になりそうだよ！）

五人がかりの奉仕でもたらされる快感は、想像していた以上のものがあった。

ましてや、彼女たちはこれを新体操の練習と思っているため、呼吸を合わせようとしている。そのため、時間が経って行為に慣れてくるにつれて、バラバラ感がなくなってきていた。そうして呼吸が合いだすと、もたらされる快感もいちだんと強まる気がする。

ただでさえ興奮していたところに、この快感信号を流しこまれては、それほど長い時間は耐えきれそうにない。

「ああ……先輩、気持ちよさそう」

横からそんな声が聞こえてきて、健太はなんとかそちらに目を向けた。

そこでは、命令通りに紫乃がリボンの練習をしながら、こちらを見つめていた。

しかし、その頬は赤く染まり、目もなんとなく潤んでいる。しかも、レオタードの股間部分には明らかにシミができている。彼女が興奮しているのは、疑いようがあるまい。そのせいもあるのか、リボンの動きは乱れがちで、螺旋の形がまるで初心者のように不安定だ。

「最後は、わたしだよ」

そう言って、明香が唇にキスをしてきた。

さらに、美枝が胸を舐めだし、残る三人がペニスに舌を這わせてくる。

これで、団体メンバー全員とキスをし、分身を奉仕してもらったことになる。

「ふはっ。全員、ちょっとストップ」

ひとしきりして明香が口を離したとき、健太はそう声をかけた。

すると、五人がいっせいに奉仕をやめて少年の顔を見る。

「もうすぐ出そうだから、あとはみんな手でチ×ポに奉仕をしてよ」

健太が上体を起こして指示を出すと、五人は「はいっ」と声を揃えて応じた。そして、命令通りに手を伸ばしてきて、我先に一物を握る。

「チン×ン、すごく熱い……」

「すごぉい。熱くて硬くて、ビクビクしてるぅ」

「これ、美枝の手じゃん。オチン×ン、握れてないわよ」

少女たちは、そんなことを言いながら手を動かしだした。

すると、自分の手でしごく以上の快電流がもたらされる。

健太は快感に襲われながらも、悪魔のカメラを手にした。そうして、発情モードにダイヤルを合わせて、すぐ目の前で練習をしている少女に向かって一回だけシャッターを切る。

「あっ。なんか……はうううぅぅぅぅぅん！」

たちまち、紫乃は艶めかしい声をあげて身体を震わせると、その場に崩れ落ちてしまった。

だが、事前の命令のおかげで、顧問も他の部員たちもこちらを気にする様子はない。

「ああっ、もうダメぇ！　我慢できないのぉ！」

そう言うなり、紫乃はレオタードの上からリボンのスティックで自分の股間を弄りだした。

「はあっ、オマ×コ、ああっ、すごくよくてぇ！　あううっ、これっ、きゃふっ、気持ちいいよぉ！」

少女は、もはや練習どころではなくなったらしく、股間への刺激に没頭していく。

その部分からは新たな蜜が溢れ、シミを大きくしていく。

やや幼い顔立ちの少女の自慰姿を目の当たりにすると、新たな興奮を覚えずにはいられない。

加えて、五人の少女たちの手によってペニスを刺激されているため、射精感が一気

にこみあげてくる。

「ううっ。もう出る！」

そう呻くように言うなり、健太は団体メンバーたちに向かって、思いきり射精していた。

「ひゃあああんっ！」

「ああっ、出たぁ！」

「やんっ。白いのいっぱぁい！」

「ああっ、熱いよぉ！」

「すごい匂いだよ、これぇ！」

五人の少女たちは、顔に白濁液を浴びながらそんな声をあげる。

しかし、これも練習の一環という認識だからか、特に嫌がる様子はない。

「はあっ、この匂いぃぃ！　ああっ、もうイクぅぅぅ！」

紫乃も絶頂の声を体育館に響かせながら、のけ反って身体を震わせた。

そうして、すぐにグッタリと床に手を突くと、「はぁ、はぁ……」と荒い息を吐く。

どうやら、ただでさえ興奮していたところに発情モードで写真を撮られ、さらに精液の匂いが漂ってきたために、呆気なく絶頂に達したらしい。

「ああ……わたしたち、息が合うようになったかな？」

「ふはあ……みんなで一つのことをするのって、すごく興奮できるねぇ」

「ああん、なんか身体がうずいちゃってるよぉ」

「すごい匂いだけど、胸がドキドキするのぉ」

「あたしたち、なんだかすごいことをした気がするぅ」

美枝と晴美と仲子と明香と琴美が、白濁液にまみれた顔にそれぞれ恍惚とした表情を浮かべながら言う。

「みんな、すごくよかったよ。きっと、これからもっと息が合うようになって、演技が上達すると思う」

そんな適当なことを言いながら、健太は射精の余韻に浸りつつ、少女たちの姿に新たな興奮を覚えずにはいられなかった。

4 紫乃ちゃんの悩み

健太が、団体メンバーの五人とともに惚けていると、紫乃が四つん這いになりながら近づいてきた。

「服部せんぱぁい、やっぱり先輩に写真を撮られると、すごく気持ちよくなるのぉ。あたしじゃ、ちっとも魅力がないかもしれないけど、もっと気持ちよくしてぇ」

と、一学年下の少女が可愛らしい声で求めてくる。

「そんなことないよ。紫乃ちゃん、すごく可愛いじゃん」

「んっ、ありがと。けど、あたしってお姉ちゃんみたいに大人っぽくないし、本当はカメラを向けられると興奮できるのに、そういう気持ちもきちんと口にできなくてさ。そんな自分が情けなくて、あんまり好きじゃないんだ」

そう言って、紫乃が頬を紅潮させたまま表情を曇らせた。

（へぇ。普段の紫乃ちゃんって明るくて、どちらかというと脳天気っぽく見えたんだけどな）

しかし、どうやら本当は彼女も、さまざまなコンプレックスを抱え、悩んでいたようである。

それにしても、カメラを向けられると興奮する、というのは意外な性癖と言える。

ただ、新体操部は部として、練習風景の写真撮影を原則禁止していた。そういう意味でも、少女はストレスを溜めていたのかもしれない。

「じゃあ、紫乃ちゃんは今、なにをして欲しい？　正直に言ってごらん」

「うん。あたし、先輩のチン×ンをもっと近くで見たい。ううん、さっきのみんなみたいなことをしてみたい。そして、その姿をカメラで撮ってもらいたいの」

と、紫乃は目を潤ませながら応じる。

「わかった。団体のみんなは、顔の精液をぬぐって、いったんシャワーを浴びてくるんだ」

健太が命じると、団体メンバーの五人は「はーい」と声を揃えて応じ、ノロノロと立ちあがった。そして、精をぬぐい取ってから、練習場の出入り口へと向かう。

シャワールームは体育館の更衣室に併設されているので、そちらへ行くのだろう。

少年が一人になると、紫乃が股間に顔を近づけてきた。そして、ペニスを興味深そうに見つめる。

もちろん、そこは激しい射精の直後ながら、まだ硬度を保ったままだ。

「へぇ。これが、本物の勃起チン×ンなんだぁ。本では見たことがあるけど、こんなにおっきくなるんだね？」

「紫乃ちゃんって、こういうことに興味があったんだ？」

「うん。あたし、オナニーもよくするし、本当にエッチをしたことはないけど、想像はよくしてるよ」

一物を見つめながら、紫乃が質問に答える。

彼女は、背こそやや大きめだが、顔立ちや性格にどこか幼なさがあるため、同学年の男子からも妹ポジションでの人気がある。そのため、性的なことにも疎いかと思っていたのだが、どうやら年頃の少女らしく普通に興味を抱いていたらしい。

「あたし、演技の表現力不足をよく指摘されるから、オナニーとかしたらそういうのよくなるかな、と思ってしていたの。でも、最近はそういうのも関係なく、単に気持ちいいのが好きになっちゃったんだけど」

と言葉をつづけて、紫乃が小さく舌を出す。

「だったら、本当に僕にいろいろしてみる?」

念のために健太がそう聞くと、少女はすぐに大きくうなずいた。

「うんっ。なんだか、さっきから服部先輩を見ていると胸がドキドキして、エッチなことをいっぱいしたい気分なの」

そう言って、紫乃が照れくさそうな笑みを浮かべる。

もともとの好奇心もあろうが、たった一枚とはいえ発情モードで撮影されたため、彼女のなかの欲望もかなり高まっているのだろう。

そう思うと、こちらも一発出して間もないながらも、自然に昂ってきてしまう。

「じゃあ、キスからしてみようか?」

ドキドキしながら健太がそう言うと、少女は「うんっ」と元気よくうなずいた。

そして、自ら顔を近づけて、押しつけるように唇を重ねてくる。

その行為は、団体メンバーのキスと比べても、さらに初々しく思える。

「んんんんっ……ぷはっ。えへっ、男の人とのファーストキス、しちゃったぁ」

いったん唇を離した少女が、そう言っていたずらを成功させた子供のような笑みを浮かべる。その表情が、なんとも愛らしく思えてならない。

「もう一回、キスしようか？」

「うん。けど、今度は先輩からして欲しいなぁ」

少年の言葉に、紫乃がそう応じて目を閉じる。

健太は、少女の肩をつかむと顔を近づけて唇を重ねた。

その瞬間、紫乃が「んんっ」と小さな声をもらして身体を強張らせる。

やはり、同じ「キス」という行為であっても、自分からするのと人からされるのとでは、緊張の度合いが違うようだ。もっとも、それはこちらも同様なのだが。

健太は、少女の唇をついばむように貪った。

そうして、ひとしきりついばむと、今度は舌を彼女の口内に入れる。

舌が侵入してきた瞬間、紫乃が「んんっ」と驚いたような声をもらした。しかし、すぐに身体の力を抜く。

健太自身、舌を絡めるキスは真巳子や団体メンバーともしたが、自分から入れたのは初めてのことだった。しかし、事前の経験があったおかげで、舌の動かし方などはなんとなくわかる。

健太は少女の口蓋を舐め、それから舌を絡みつかせた。

「んんんっ……んじゅる……んむうう……じゅぶる……」

舌を動かすたびに、紫乃は身体を震わせてくぐもった声をもらす。しかし、唇を離そうとはせず、逆にしっかりと押しつけてくるくらいだ。

また、恐るおそるという感じだったが、彼女のほうも少年の舌に自分の舌を絡みつけてきた。

そうして、舌同士でチークダンスを踊らせていると、粘着質なステップ音や少女の息づかいでますます昂ってきてしまう。

健太は、こみあげてきた衝動のまま少女の胸に手を這わせた。

練習用レオタードのツルッとした手触りとともに、小振りなバストの感触が手のひらに広がる。

「ぷはっ。イヤッ！」

いきなり、紫乃が唇を振り払って、少年の手を自分の胸から引きはがした。

「どうしたの、紫乃ちゃん？」

「だって……あたしのオッパイ、お姉ちゃんやお義母さんと比べたら、ちっちゃくて恥ずかしいんだもん……」

消え入りそうな声で言って、少女がうつ向く。

なるほど、彼女は朱乃という魅力的なプロポーションの持ち主と、真巳子という圧巻のバストの持ち主と家族である。いくら新体操選手としてスレンダーな体型を維持する必要性があると言っても、一つ屋根の下で暮らしている姉と義母に対してコンプレックスを抱くのは、年頃の少女としては当然のことかもしれない。

ただ、それでは胸を避けて愛撫すればいいのか、と言えば、それもなんとなく違う気がする。

「そうだ！　だったら一時的にだけど、そのコンプレックスを解消してあげるよ」

そう言って、健太はまた悪魔のカメラを手にした。そして、いまだに使ったことのなかった乳房のマークでダイヤルを合わせると、紫乃に向かってシャッターを切る。

すると、少女のバストがひとまわりふくらんだのが、レオタード越しにもわかった。

「えっ？　なに、これ？」

「ふふふ……もっと大きくなるよ」

目を丸くする紫乃に対して、健太はそう言ってさらにシャッターを切る。

そうして、シャッターボタンを押すたびに、少女の小さかった胸がどんどん大きくなっていく。

（すごいな。オッパイが本当に大きくなるのが、はっきりわかるぞ）

シャッターを切りながら、健太は初めて使ったモードの威力に驚いていた。

今、健太が使っているのは「豊乳化」というモードで、シャッターを切るたびに被写体の女性のバストサイズをアップさせるものだった。

もちろん、真巳子のように元から胸の大きな人間に使っても仕方がないのだが、この少女のように小振りなバストの持ち主には効果てきめんである。

もっとも、説明書によると、豊乳化の効果は最長でも三十分程度で切れてしまうらしい。さすがに、肉体に与える影響が大きすぎるため、永遠に大きくなったままにはできないようだ。

「んあっ。ブラとかすごくきつくなってきたぁ」

と、紫乃が胸を押さえながら言う。

すでに、彼女のバストサイズは充分に「巨乳」と呼んでいい域に達していた。レオタードも、またその下に着用しているブラジャーも伸縮性があるからはち切れずにすんでいるものの、さすがに元が小さいからかなり窮屈になっているらしい。

もし、普通のブラジャーと制服だったら、今頃はブラジャーのホックも制服のボタンも弾け飛んで、大きくなった胸があらわになっていたかもしれない。

ついに、紫乃のバストは義母の真巳子ほどの大きさになった。

そこで健太は、ようやくシャッターを切るのをやめた。

すでに、レオタードはサイズが完全に合わなくなって、見るからにパッツンパッツンでキツそうである。

「さて、それじゃあせっかくだから、ちょっと練習してみようか？」

「ええっ？　今からするの？」

と、紫乃が不満げな声をあげる。

キスでエッチな気分が高まっていたため、ここで練習に戻ることが不服なようだ。

「うん、軽くでいいからさ。さっきみたいに、リボンを使って螺旋を作ったりして見せてよ」

健太がカメラを手にしてうながすと、紫乃はようやく立ちあがってリボンを手にした。

「あんっ。オッパイがおっきいと、なんだか身体が重いよ。それに、けっこう揺れて意外に邪魔」

そんなことを言いながら、少女がリボンで螺旋を作る練習をはじめる。

健太は、その姿をノーマルモードで写真に収めた。

「んはっ、あっ。んんっ……なんだか、オッパイがジンジンしてぇ」

すぐに、紫乃はなんとも色っぽい声をあげて身体をよじらせた。そのため、リボンの螺旋の形がたちまち崩れてしまう。

「ダメだなぁ。そんなことじゃ、表現力なんて身につかないよ」

「そ、そんなこと言われても……んはあっ、おっきなオッパイがすごく邪魔だし、なんかブラがこすれるだけで……はうっ、とっても敏感になってるんだよぉ」

少年の言葉に、紫乃がかろうじてスティックを動かしてリボンを操作しながら返事をする。

（そりゃあ、豊乳化はオッパイが敏感になる副作用があるらしいからね）

と、健太はシャッターを切りながら内心でほくそ笑んでいた。

だが、紫乃は当然そのことを知らないため、かなり戸惑っているようである。

ましてや、徐々に成長したのと違って急激に胸が大きくなったせいで、身体のバランス感覚も狂っているのだ。かろうじてでも螺旋を作れるだけ大したもの、と言うべきかもしれない。

「紫乃ちゃん、まだ大きなオッパイがいい？」

「あんっ、それはぁ……あんっ、いい。今はぁ……んっ、いつものままでぇ……あうっ、オッパイ、ああっ、切なくてぇ」

スティックをなんとか動かしながら、紫乃が少年の問いにじれったそうに答える。

なにしろ、自慰やキスで性的な興奮も高まっていたのに、お預けを食らっているのだ。少女が抱いているもどかしさは、男が想像する以上のものがあるに違いあるまい。

加えて彼女は、もともと写真を撮られると興奮する性癖の持ち主だ。肉体的にだけでなく、精神的にも激しく昂っているとしても、おかしな話ではない。

「はっ、ああっ、んんっ……ああんっ、もうダメぇぇぇ！」

ついに、紫乃が甲高い声をあげてその場に崩れ落ちてしまった。

股間のシミがさらに広がったことから見て、再び軽いエクスタシーに達したのは間違いない。

「なに？　紫乃ちゃん、またイッちゃったんだ？」

健太がからかうように声をかけると、へたりこんだ少女が熱に浮かされたような目を向けてきた。

「はぁ、はぁ……だってぇ、オッパイ気持ちよすぎてぇ……それに、写真を撮られてることを意識したらすごく興奮しちゃってぇ……ふああ……」

弱々しい声で言いながら、紫乃は視線を少年の股間に向ける。

「ああ……オチン×ン、すごく大きくてぇ……舐めてみたいよぉ。エッチなこと、いろいろしてみたくてたまらないのぉ」

そう言いながら、少女がリボンを床に置いて一物に手を伸ばす。

「そんなに舐めてみたいなら、好きにしていいよ」

「ホントに？　ああっ、嬉しいよぉ！」

少年が許可を与えると、紫乃はすぐにペニスにしゃぶりついてきた。

「レロ、レロ……ふはっ。これがオチン×ンの味ぃ。ずっと想像していたけど、思っていたより変な味かも。けど、なんかすごくドキドキするよぉ」

そんなことを言いながら、紫乃はさらにペニスを舐めまわした。

「レロ、レロ……んはっ、熱くて硬くて……チロロ……ふはっ、ビクビクしてるのぉ。ピチャ、ピチャ……」

感想を口にしながら、少女は一物への熱心な奉仕をつづける。

「紫乃ちゃん、本当に初めて？　くっ、すごく気持ちよくて……」

快感に苛まれながら、健太は疑問の声をあげていた。

少女の舌使いには、ほとんどためらいが感じられず、団体メンバーの五人の誰よりも巧みに思える。感覚だけで言えば、真巳子のテクニックに匹敵するような気がしてならない。一度もフェラチオをしたことがないというのに、これだけの舌使いができるというのが、いささか信じられない気分だ。

「んはっ。本物は、初めてだよ。けど、バナナとか使って、オチン×ンのことを想像しながら練習したことはあるから」

舌を離して、少女が少し恥ずかしそうに告白する。

なるほど、これはどうやら自習の成果のようだ。

「そっか。紫乃ちゃんって、見た目以上にすごくエッチだったんだね？」

「んもう、先輩のバカぁ。けど、そうだよ。あたし、ずっとこうしてみたいって思ってたんだもぉん。あーん」

と、紫乃は小さな口を大きく開けて、亀頭を口に含んだ。

たちまち、分身の先端から口内の温かさが伝わってくる。

しかし、さすがに半分ほど入れたところで、少女は「んんっ」と苦しそうな声をあげて動きをとめてしまった。いくら練習をしていたと言っても、実物のペニスをまともに咥えるのは、初めてではいささかつらいようだ。

だが、それでも紫乃は呼吸を整えると、確かめるようにゆっくりと顔を動かしはじめた。

「んんっ……んじゅぶ……んむう……じゅぶぶ……」

（くっ。さすがに、真巳子先生ほどじゃないけど、それでもこれはなかなか……）

健太は歯を食いしばって、送りこまれてくる快感を懸命にこらえた。

さすがに、口に含んでの奉仕は、実際の経験者とそうでない人間の差がはっきりと出る。とはいえ、愛らしい顔立ちの年下の少女が分身を咥えてくれている事実は、テクニックの差を充分に埋めるくらい興奮をもたらしてくれる。

ましてや、他の部員たちが普通に練習している横でこんなことをしてもらっている、という興奮もあるのだ。

「んじゅぶぶ……ふはっ。レロ、レロ……」

紫乃は一物を口から出して、肉棒全体をネットリと舐めだした。

（ううっ、気持ちいい！　先に出してなかったら、我慢できなかったかも）

そんな思いが、快感に苛まれる健太の脳裏をよぎる。

実際、団体メンバーを相手に射精していなかったら、おそらくこの快感に耐えられなかっただろう。

（それに、フェラをしている紫乃ちゃんのオッパイが、身体を動かすたびにすごく揺れて……）

と、大きなふくらみを見ていて、健太は一つのことを思いついた。

「そうだ。紫乃ちゃん、せっかくオッパイが大きくなったんだから、パイズリをしてみないかい？」

「パイズリ？　あっ、うん。してみたい！」

健太の提案に、一物から口を離した少女が目を輝かせてうなずく。

普段の彼女のバストサイズでは、無理をして寄せてもペニスを挟みこむことなどできない。しかし、今なら間違いなく余裕で肉棒を包みこめる。

少年の言葉で、紫乃もそのことに気づいたのだろう。

健太が立ちあがると、少女はレオタードを半分脱いで、スポーツブラのような下着をあらわにした。

「んしょっ。オッパイが引っかかって……あんっ、なんか脱ぎにくいよぉ」

そんなことを言いながら、紫乃はなんとかブラジャーを脱いで、大きくなった乳房を露出させる。

もちろん、その光景もノーマルモードで撮影していく。

(それにしても、巨乳の紫乃ちゃんって、やっぱりなんか妙な感じだな)

健太は、ついついそんなことを考えていた。

しかし、可愛らしい顔立ちのまま、乳房だけは真巳子に勝るとも劣らないくらい大きくなっているアンバランスな姿は、逆に扇情的にも思える。

「これが、こんなにおっきいのがあたしのオッパイ……」

そう言って、紫乃が自分の胸にあらためて触れる。力をこめれば形が変わるくらい大きな乳房がそこにあるのだから、夢でも見ているような気分なのかもしれない。

「まぁ、一時的なものだけどね。とりあえず、今はそのオッパイでできることをしてもらいたいな」

そううながすと、紫乃は「うん」とうなずき、ひざまずいたまま身体を寄せてきた。

そして、両手で胸を寄せて谷間に一物をスッポリと挟みこむ。

「すごい。先輩のチン×ン、こんなに大きいのに……自分のオッパイなのに、なんだか信じられないよ」

と、紫乃が独りごちるように言う。

普段のバストサイズではできないことを容易に実現できて、自分でも驚きを隠せずにいるらしい。

「紫乃ちゃん、手を動かしてオッパイでチ×ポをしごくんだ」

「あっ、そうだね。わかった」

健太の言葉に、少女はそう応じて手を動かしはじめた。

（くっ。やっぱり、パイズリは気持ちいいぞ）

もたらされた快感に、健太は心のなかで呻き声をあげていた。

行為自体は、もちろん真巳子と比べればぎこちない。しかし、幼い顔立ちの年下の少女がパイズリをしてくれていると、背徳的な興奮があおられてしまう。

「んっ、はっ、ああ……こうしているとぉ……んはあっ、あたしもっ、んふうっ、よくてぇ……あふううっ……」

パイズリをしながら、紫乃が熱い吐息をもらして言う。いちだんと紅潮したその顔と陶酔しきった目を見れば、彼女自身もかなり昂ってきていることが容易にわかる。

もちろん、豊乳化の副作用で乳房全体が敏感になっているせい、というのも大きいだろう。しかし、紫乃自身が本来ならできない行為をして昂っているのも間違いあるまい。

そうして、少女がペニスをしごきながら自分の胸を揉む手にいちだんと力をこめた。

するると、ふくらみの先端の突起から、ピュッと液体が噴き出して健太の下腹部にかかった。


「ひゃあぁあんっ！　乳首から、なんか出たぁぁ！」

紫乃が、驚きとも戸惑いともつかない甲高い声をあげる。

（やった！　本当にオッパイが出たぞ！）

健太は、心のなかで喝采していた。

これも説明書に書いてあったことだが、一時的とはいえバストを急激に成長させる豊乳化の副作用は、乳房が敏感になるだけではなかった。なんと、強い刺激で母乳が出るようにもなってしまうのである。

そのことを思い出したからこそ、健太は少女にパイズリをリクエストしたのだった。

「はっ、ああっ、オッパイぃぃ……んはあっ、ミルク出てぇ……ああっ、けどぉ、んふああぁあっ、気持ちよくてっ、あああんっ、やめられないぃぃ！　んふううっ、ふあっ、はあっ……！」

そんなことを口走りながら、紫乃がペニスをしごく手に力をこめる。

すると、当然のように温かな母乳も溢れだして、少女の手だけでなく谷間にもこぼれ落ちてきた。おかげで、潤滑油がいちだんと増して、ヌチュヌチュという音がさらに大きくなる。

「はっ、ああっ、エッチな、んふうっ、音がぁ……ふはっ、こうしているとぉ、んんんっ、ああんっ、あたしもぉ……ふああっ、どんどんエッチにぃ、あふうう、なっちゃうよぉ！　んんんっ……！」

母乳を出してパイズリをしながら、紫乃は勝手に昂っていく。

そんな少女の姿を写真に収めながら、健太のほうも昂りの限界を感じていた。

いくら五人がかりで愛撫してもらって一発抜いて間がないとはいえ、魅力的な少女から熱心な奉仕を受けていては、いつまでも射精感を抑えていられない。

「んっ、んはっ……ああ、チン×ン、ビクビクしてぇ。もう出そうなのぉ？」

いったん手をとめた少女の問いかけに、健太は「う、うん……」と素直にうなずく。

「んふふ……いいよ。このまま出してぇ。さっき団体のみんなにしたみたいに、あたしの顔にもいっぱい出してぇ」

そう言って、紫乃はパイズリを再開し、手にいちだんと力をこめた。

すると、当然のように乳首からミルクが噴き出して、少年の下半身から足下までを濡らす。

（ううっ。すごすぎ……）

健太は、もはや写真を撮る余裕も失って、もたらされる快感に浸っていた。

母乳を出しながらパイズリに励む少女の姿は、真巳子のような年上の女性にされるのとは違った興奮をあおってやまない。

おかげで、快感のゲージがレッドゾーンに向かって一気に跳ねあがってしまう。

「くううっ。も、もう出る！」

そう口走った瞬間、健太は少女の顔面に向かってスペルマをぶっかけていた。

「きゃううううん！　出たぁぁぁ！」

紫乃は驚いたような声をあげながらも、精のシャワーをしっかりと顔に浴びる。

年齢より幼く見える少女の顔が、白濁液で汚れていく様は、なんとなくいけないことをしているような錯覚をもたらす。

やがて射精が終わると、紫乃が谷間からペニスを解放し、ゆっくりと目を開けた。

そして、自分の顔を撫でて精液をぬぐう。

「ふはあ……すごぉい。セーエキって、こんなにいっぱい出るんだぁ。さっき、あんなに出していたのに」

少女が、目を丸くしながら言う。

「紫乃ちゃんが、すごく可愛くてエッチだったから、こんなに出たんだよ」

そんな歯の浮くような言葉が、自然に少年の口を衝く。

「んもう、先輩ったら……けど、なんか嬉しくて……ああ、今度は先輩があたしにしてよぉ」

と、紫乃が求めてくる。

健太はうなずくと、少女の背後にまわりこんだ。そして、大きな乳房を両手でわしづかみにする。

「ふああっ！　オッパイ、感じるよぉ！」

少年が手を動かすなり、紫乃が甲高い声で喘ぎだした。

当然、そうして揉みしだくたびに、彼女の乳首からは母乳が噴き出す。

「ふああっ！　あんっ、ミルクでっ、きゃううっ、床が濡れてぇ！　ああっ、気持ちいいのぉぉ！　んはああっ……！」

紫乃は、顔を左右に振りながらひたすら喘いだ。

それを見ているうちに、健太は我慢できなくなって、いったん乳房から手を離した。

そして、少女の身体をその場に横たえる。

「ふあ……先輩？」

と、紫乃が潤んだ目で少年を見つめる。

健太は、彼女の胸に顔を近づけると、そのまま突起に吸いついた。

「ひゃううう！　そ、それは……はあああっ！」

乳首に口づけをされた瞬間、紫乃が甲高い悲鳴のような声を練習場に響かせる。

しかし、これだけ大声を出しているというのに、この場にいる人間は誰もこちらを気にとめる様子がない。まったくもって、悪魔のカメラによる支配がどれだけ強力なのかを、あらためて感じずにはいられない。

健太は、赤ん坊がそうするように乳房に手を当て、乳搾りの要領で揉みつつ乳首を吸いあげた。

「ふあああああ！　そんな……あああっ、ミルク出るぅぅぅ！」

そんな紫乃の声とともに、液体が口に注ぎこまれて、どこか懐かしさを覚える母乳の味が口いっぱいにひろがった。

これは、真巳子の胸にしゃぶりついたときにはなかったことである。それだけに、激しい興奮を禁じ得ない。

「はああっ！　オッパイミルクがっ、あああっ、先輩っ、きゃふっ、赤ちゃんみたいで……あああああっ、気持ちいいのぉぉ！　ふひゃああっ……！」

母乳を搾るたびに、紫乃が甲高い声で喘ぐ。その姿が、なんとも淫らに見える。

（ふう。母乳は、そろそろいいかな？　今度は、下の口のミルクをもらおう）

ひとしきり母乳を味わったところで、健太はそう考えて乳首から口を離した。

そして、身体を移動させて少女の下半身に顔を近づける。

レオタードの股間は、もうすっかり濡れそぼっており、肌に付着した布地には女性器の形がクッキリと浮き出ている。

健太は、レオタードを一気に引きさげ、さらに下着も脱がせて少女を素っ裸にした。

それから、あらためて秘部に顔を近づける。

(ふーん。紫乃ちゃんのオマ×コ、まだ毛がないんだ)

実年齢より幼く見える顔立ちの通りと言うべきか、身長の割にと言うべきか、少女の秘部には陰毛がまるで生えていなかった。レオタードを着るので手入れをしているのか、とも思ったが、こうして眺めた限りでは本当にまだ生えていないようである。

ただ、無毛のそこが蜜で濡れているのを見ると、背徳的な興奮を覚えずにはいられない。

健太は、割れ目に口を近づけて舌を這わせた。

「きゃうううんっ！　そこぉぉ！」

筋に沿って軽く舐めただけで、紫乃が甲高い声をあげてのけ反る。

その反応に気をよくして、健太はさらに秘裂を舐めあげた。

「ひゃうう！　舌ぁぁ！　ああっ、指とっ、ふひゃあああっ、違うぅぅ！　あああっ、あんっ、きゃひいいっ……！」

もはや、ここが新体操部の練習場だということを忘れたかのように、少女は愛撫に合わせてひたすら喘ぐ。

それでも誰もこちらを気にかけないのだから、まるで自分たちが世界から隔離されたような気がしてくる。

そんなことを思いながら、健太は割れ目を指で広げて肉襞をあらわにした。そして、そこに舌を這わせて蜜を舐め取っていく。

「ひぎぃいいいぃぃ！ それっ、らめぇぇぇぇ！ あひゃあああっ、感じすぎっ……ほあああっ、おかしくっ、きゃううううっ、なっひゃうぅぅぅぅ！」

紫乃が、いちだんと声のトーンをあげて、大きくおとがいを反らしながら身体をよじらせた。しかし、この状況から逃れられるはずがない。

奥の源泉からは、新たな蜜がとめどなく溢れ出し、舐めきれなかったぶんが床にこぼれ落ちていく。

そうして舐めていると、ある一点で少女が「ひゃひぃいいっ！」と素っ頓狂な声をあげて、電気に打たれたように身体を大きく跳ねさせた。

いったん口を離して見てみると、そこには肉豆がプックリと顔を見せている。

(これが、紫乃ちゃんのクリトリスか)

そう悟って、健太は舌先でその部分を弄りまわした。

「はあっ、やあああっ！ そっ、そこばっかりっ、きゃううううっ！ ああっ、もうっ、ひぎいいっ、もうらめぇぇぇ！ ああんっ、あたひっ、ひいいいっ、もうイッちゃうよぉぉぉぉぉぉぉぉ!!」

たちまち、紫乃が大声を練習場に響かせながら、身体を思いきりのけ反らせた。

敏感な部位を舐めまわされたために、大きな絶頂に達したらしい。

すぐに、彼女は四肢を床に投げ出して、グッタリと虚脱した。そして、「はぁ、はぁ……」と荒い息をついて、放心したような、しかし満足げな表情を浮かべる。

(くうっ。紫乃ちゃん、すごく色っぽい！　エッチしたくてたまらないよ！)

絶頂の余韻に浸る少女の姿に、健太はそんな思いを抑えられなくなっていた。

なにしろ、すでに生のセックスを経験しているため、股間から愛液を溢れさせて床に横たわる美少女と一つになりたい、という欲望を我慢するなど不可能だ。

健太は彼女の足の間に入りこみ、一物を割れ目にあてがった。

すると、絶頂の余韻に浸っていた紫乃が、ようやく目を開けてこちらを見た。

「先輩……あたし、初めてだから、ちょっと怖いかも」

さすがに、いくらオナニー経験が豊富でも、初体験には不安があるらしい。

健太は、すでに真巳子で筆下ろしをすませている。とはいえ、ほんの数日前のことなので彼女の気持ちは充分に理解できた。

「大丈夫。僕に任せて、身体の力を抜いて」

と、健太は可能な限り優しく言った。

もちろん、こちらもまだセックスは一度しかしていないし、能動的にするのは初めてなので、正直まだかなり緊張している。だが、初体験の少女を不安がらせないようにするには、きちんとリードする姿勢を見せなくてはなるまい。

すると、紫乃が「うん」とうなずいて、身体の力を抜いてくれる。

それを見た健太は、思いきって一物を彼女の秘裂に押しこんだ。

5 バージン奪って

「んああっ！　オチン×ン、入ってくるぅぅぅ！」

若宮紫乃は、ペニスの挿入を感じた瞬間、思わず甲高い声をあげていた。

自慰のときなど、この経験を想像したことは何度となくあった。しかし、一学年上の少年のモノは予想していた以上に大きく、入りこんでくる感触が怖いくらいによくわかる。

（あたしのオマ×コ、裂けちゃうんじゃないかな？）

そんな不安が、少女の脳裏をよぎる。

すると、肉棒の動きを遮る感覚があり、同時に健太が動きをいったんとめた。

そこが初めての証だということは、自分でも充分にわかっている。

少年は、やや戸惑ったような表情を浮かべていたが、間もなく「紫乃ちゃん？」と聞いてきた。

その意味を理解した少女は、緊張しながらも小さくうなずく。

すると、健太が腰に力をこめた。

「んんっ……くあああぁぁぁぁぁぁぁ!!」

たちまち、筋繊維が裂かれるような痛みがもたらされて、紫乃は思わず甲高い声を練習場に響かせていた。

しかし、処女膜を破った少年は、構わず一気に奥まで一物を押しこんでくる。

そうして、ペニスの先端が子宮口に当たると、また「んはあぁっ！」と声がこぼれ出てしまう。

結合部から、熱と激しい痛みが生じる。そのことが、処女を失ったという実感を少女にもたらした。

（ああ……チン×ン、奥まで入ってるのがわかるよぉ。あたし、服部先輩に初めてをあげちゃったんだ。けど、なんで？　どうしてあたし、先輩と部の練習場でこんなことしてるんだろう？）

そんな疑問が、今さらのように朦朧とした頭によぎる。

健太のことは、写真部員ということで知っていたし、多少の興味はあった。ただ、姉の朱乃と義母の真巳子から数々のエロトラブルの話も聞いていたので、あまりいい印象もなかったのである。

それでも、いくら身内の言うこととはいえ、人の話だけで一方的に嫌うのはよくないと思い、紫乃は一学年上の少年と距離を取りつつも、なるべく普通に接するように心がけてきた。それに、彼は学校で唯一の写真部員なのだから、カメラで撮られるのが好きな少女としてはあまり無下にしたくなかった、というのもある。

ところが、少し前に義母と姉にくっついて写真部の部室へ行ったとき、問題のエロトラブルに巻きこまれてしまった。

あれは、実際にされると精神的なダメージが大きい。

それ以来、紫乃は少年のことをできるだけ避けるようになった。だから、彼が新体操部の練習を撮影すると聞いたときは、「次はどんなトラブルに巻きこまれるのか」と不安で仕方がなかった。

ところが、いっぺん撮影された途端、気持ちが百八十度変わってしまったのである。

(服部先輩に写真を撮られるの、嬉しくてたまらない。それに、先輩の指示に従うのは当然のことなんだから)

どうして、そう考えるようになったのか、自分でもさっぱり理解できなかった。

いや、紫乃だけではない。いつの間にか、顧問を含む新体操部の全員が、健太の言いなりになっていたのである。

おまけに、なだらかなバストがいきなり義母に匹敵するほど大きくなったりもした。

しかし、そうしたこともまったくおかしいとは思わない。むしろ、健太に写真を撮ってもらうためには当然のことだ、という気さえしていた。

ただ、団体メンバーの五人が彼に奉仕するのを見ているうちに、紫乃は自分自身も激しく興奮するのを感じていた。そして、ずっと抱いていた異性への好奇心を、とうとう抑えられなくなってしまったのである。

そのため、フェラチオやパイズリをして精液を顔に浴びても、少年に胸や股間を愛撫されても、嫌悪感はまったくなかった。

また、今も破瓜の痛みを味わいながら、なんとも言えない興奮も覚えている。

この感覚は、撮影されていることを意識して気分が高揚したときに、なんとなく似ている気がした。

（あたし、昔から写真を撮られるのが好き。いつもは、あれこれ考えすぎちゃうんだけど、写真を撮られているのを意識すると、すごくテンションがあがるし……）

人前では明るく無邪気に振る舞っていたものの、実は紫乃にはプレッシャーに弱くて、細かいことを気にしすぎる面があった。そのため、練習では上手にできたことが試合ではうまくできないことも、多々あったのである。

そんな性格が、県レベルではほぼ確実に上位に入る実力がありながら、なかなか全国に届かなかった原因だ、という自覚はある。

中三のときに全国へ行けて、しかも十位に入れたのは、まず県予選で「中学最後の大会だから」と開き直って演技ができたことが大きい。加えて、全国大会ではテレビカメラを含め取材のカメラが多く、その高揚感からいつも以上の力が出せたのである。

ただ、高校生になって最初の大会だった夏の全国大会の県予選は、期待されたぶんだけ、プレッシャーに弱い欠点が出てしまった。おまけに、県の予選では取材カメラの数も少なく、高揚感があまり湧いてこなかったのである。

あのカメラの数を一度知ってしまうと、もう予選程度では満足できない。

結局、大きなミスをして全国大会出場を逃してしまったのだった。

(やっぱり、カメラがいっぱいあったほうが……ううん、本当は数よりも、あたしを撮ってくれてるって、ちゃんとわかっていたほうが興奮できるんだよね)

そういう意味では、今こうしてつながっている少年がレンズを自分に向けてくれたことが嬉しく、また昂る材料になったのは間違いない。

そんなことを思っていると、こちらの呼吸が落ち着いたと判断したらしく、健太が小さく腰を動かしはじめた。

だが、その途端に痛みがぶりかえした。

「あぐっ！　ううっ、ひうっ！　いっ、痛いっ……！」

思わず苦悶の声をこぼすと、健太がすぐに動きをとめた。

「ゴメン。まだ無理だったみたいだね？」

と謝罪した少年の言動からは、こちらへの気遣いが感じられる。

「あたしこそ、ゴメンね。先輩、いっぱい動きたいのに、初めてだからどうしても痛くて……」

「それは、仕方ないよ」

そう言って、健太がキスをしてきた。

唇を重ねて彼のぬくもりを感じていると、気持ちが次第に落ち着いてくる。

ただ、そうすると床でボールをバウンドさせる音や、他の部員たちの演技の足音や声が、今さらのようにはっきりと耳に飛びこんできた。

(そういえば、ここは練習場で、今は部活の時間なのに……あたし、なんでこんなところで先輩とエッチしちゃってるんだろう？)

そんな疑問が、あらためて少女の脳裏をよぎる。

もちろん、自分から「エッチなことをしたい」と求めたためにこうなった、ということは理解している。しかし、そもそもそんな気持ちになったのは、団体メンバーの五人が健太に奉仕している姿を、ずっと見ていたからだ。

彼は、「みんなで一つのことをすれば、息が合うようになる」と言ってあの行為をさせていたが、本当に意味があったのだろうか？

だいたい、自分たちがセックスをしているというのに、誰もこちらを気にする様子がないというのも、なんとも妙な話だ。

紫乃が、痛みのなかでそんな疑問を抱きかけたとき、シャワーを浴びに行っていた団体メンバーの五人が、練習用レオタード姿で練習場に戻ってきた。精液のシミなどがないことから見て、新しいものに着替えてきたのだろう。

「ちょうどいいや。団体の五人は、またこっちに来てよ」

健太がそう声をかけると、団体メンバーは「はいっ」と応じてやって来た。

「うわぁ。服部くんと若宮さん、本番しちゃってるよ」

「うっ。血が出て、すごく痛そう」

「すごぉい。あのおっきなチン×ンが、根元までズッポリ入って……」

「オマ×コって、あんなに広がるんだねぇ」

「あれ？　紫乃のオッパイ、すごく大きくなってる」

近づいてきた五人が、口々にそんな感想をもらす。

「これは、紫乃ちゃんの演技に表現力をつけるために必要なことなんだよ。オッパイが大きくなっているのも、同じ理由なんだ」

と健太が言うと、団体メンバーは「あっ、そうなんだ」と納得の面持ちを見せる。

（そうだった。これって、あたしの欠点って言われている表現力を身につけるためにしてるんだっけ）

紫乃自身も、彼の言葉を聞いた途端に抱きかけていた疑問が氷解する気がした。

そう考えると、乳房がふくらんだことも練習場で少年と一つになっていることも、練習の一環だから当然だ、という気がしてくる。

「紫乃ちゃんの演技力をアップさせるために、みんなも愛撫をしてあげよう」

健太が、さらにそう言葉をつづけた。

すると、五人の少女が「はいっ」と声を揃えて応じ、まずは上級生の美枝と明香が紫乃の大きくなったふくらみに手を這わせてきた。

さらに、琴美と伸子の一年生コンビが、両側から首筋を舐め、上級生の晴美が結合部に指を這わせる。

「はあっ！　ああんっ、それぇ！　はひっ、そこはっ……きゃううう！　ああっ、ふあああっ……！」

首筋と胸と結合部から鮮烈な性電気が一度に流れてきて、紫乃はおとがいを反らしながら甲高い声をあげていた。

こうしてあらゆる場所から快感がもたらされると、結合部に残る痛みすら上書きさ

れてしまう気がする。いや、晴美に弄られているため、熱くて痛いその部分からも心地よさが発生し、感覚がおかしくなってしまいそうだ。

「ひゃんっ。ミルクが出たぁ！」

と、胸を弄っていた美枝が驚きの声をあげる。そういえば、大きくなった胸は敏感になっているだけでなく、なぜか母乳が出るようになっていたのだ。

「オッパイが出るのは、気にしなくていいよ。それよりも、もっといっぱい出してあげよう」

健太がそう言うと、美枝と明香が「はい」と応じて、さらに乳房や乳首を弄りまわした。

「あひいっ！　それぇぇ！　ああっ、すごくよくてぇ！　あっ、あああっ……！」

ふくらみからもたらされる鮮烈な快感に、紫乃はすっかり翻弄されていた。

突起からは母乳が噴き出し、自分自身や二人の先輩の手などに降りかかっている。

だが、それがやけに嬉しく思えてならない。

「紫乃ちゃん、すごくエッチだよ。あっ、そうだ」

と、健太がペニスを挿入したまま、傍らに置いてあったカメラを手にした。そして、少女のほうにレンズを向けて、シャッターを切りだす。

「ああっ、本当に写真を……ふあっ、あたし、ああんっ、今すごく恥ずかしいところ、きゃふううっ、写真にっ、ひゃうっ、撮られちゃってるぅぅ！」

　思わず、そんな言葉が口を衝く。

　だが、彼の行為を制止しようという気にはならなかった。むしろ、撮られることによって気持ちが昂ってきてしまう。

　カメラは一台だけだが、五人がかりで愛撫されて母乳を噴き出しているところをハメ撮りされている、と意識するだけで、昨年全国大会に出たときよりも興奮が高まる気がした。しかも、裸を撮られていると、レオタード姿のときよりもいっそう昂ってしまう。

（こんなにエッチな姿を撮られて……ああ、すごく興奮してくるの、自分でもわかるよぉ。きっとこれが、あたしが本当に望んでいたこと……あのお婆ちゃんが言っていたことなんだろうなぁ）

　という確信めいた思いが、心に湧きあがってくる。

　全国大会出場を逃し、自分の性癖に思い悩んでいたき、紫乃は魔女のような格好をした「占い師」を名乗る老婆と出会った。

　ただ、老婆は「お主の本当の望みは、そう遠からずかなうじゃろう」とアドバイスをくれたものの、「本当の望み」の中身については、なにも教えてくれなかったのである。

しかし、こうして健太にエッチな姿を撮影されていると激しく興奮してきて、老婆の言葉の意味がようやく理解できた気がした。

（あたし、エッチな写真を撮って欲しかった！　エッチな姿をいっぱい撮ってもらうとってても興奮できて、すごく嬉しくなるの！　だから、カメラがたくさんあって、撮られていることを意識すると気合いが入ったんだわ！）

とにかく、こうしていると気持ちがいっそう昂ってきて、破瓜の痛みすら忘れられる気がする。

「くっ。オマ×コのなかが締めつけてきて……そろそろ、大丈夫そうかな？」

ひとしきり写真を撮ると、健太がそんなことを言ってカメラを横に置いた。

彼の言葉の意味は、すぐに理解できる。

「愛液が、こんなに溢れてきたし、もう動いても平気じゃない？」

紫乃の代わりに、結合部を弄っていた晴美が指を離して応じる。

「ありがとう。じゃあ、他のみんなもいったんどいて。また紫乃ちゃんが痛がったら、そのときに手伝ってよ」

という健太の指示で、胸と首筋を舐めていた四人も愛撫をやめて離れた。

そうして快感の注入が急激にとまると、安堵とともに寂しさに似た感情も湧きあがってきてしまう。

するとc、健太が腰をつかんで持ちあげ、押しつけるようなピストン運動をはじめた。

「はっ、ああっ！　あっ、あんっ、やっ、ふあっ、これぇ！　はううっ、気持ちいいのぉぉ！　きゃふううっ、あああっ……！」

今度は痛みがなく、それどころか大きな快感がもたらされて、紫乃は甲高い喘ぎ声をこぼしていた。

彼の腰の動きはまだ小さめである。しかし、子宮にペニスの先端を押しこむような動きをされると、脳天を突き抜けるような性電気が脊髄を駆けあがる。その快楽は、自慰で味わってきたものの比ではない。

「くうっ、紫乃ちゃんのなか、きつくてすごく気持ちいい！」

そんなことを言いながら、健太の腰使いが少しずつ大きく荒くなっていく。

「ふあああっ！　ああっ、あんっ、あんっ、すごっ……はううっ！　チン×ンっ、ひううっ、気持ちいいぃぃ！　あんっ、ひゃふうっ……！」

もう破瓜の部分をこすられても痛みはなく、紫乃はただただ快楽に喘いでいた。

そうして、初めてのセックスの快感を味わっていると、脳裏にふと真巳子の顔が浮かんだ。

（お義母さん、あたしがこんなことしてるなんて、きっと知らないんだろうな。でもオナニーが好きで、写真を撮られると興奮しちゃって、初めてのエッチなのにすごく気持ちよくなってる、これが本当のあたしなのぉ！）

快楽に溺れながらそんなことを思うと、なぜか新体操をはじめた頃のことが思いだされる。

紫乃が新体操をはじめたのは、六歳のときだった。

実母が死んで泣きじゃくってばかりいた少女に、父の恒一が気分転換になればと奨めてくれたのだが、紫乃はその魅力にたちまちのめりこんだ。

姉の朱乃はテニスのほうに興味を持ったが、紫乃は新体操の華麗さに心惹かれたのである。

もともと身体が柔らかかったことや、運動神経がよかったことも、新体操をするには向いていたのだろう。少女は、めきめきと実力をつけていった。

もちろん、表向きは明るく振る舞っていても実はナイーブなその性格のせいで、試合になるとミスをしてしまい、ずっと全国には届かなかった。それでも、小学生の頃から県レベルでは、かなりの率で入賞するくらいの成績を残していたものである。

そうして、紫乃が実母を失った悲しみから完全に立ち直った頃、恒一は真巳子と出会い、再婚を決意した。

働きながら、男手一つで二人の娘の世話に奮闘する父の姿を見ていただけに、再婚に反対しようという気にはならなかった。それに、真巳子も姉妹に優しかったし、スポーツ科学を学んだ体育教師だけあって、さまざまなアドバイスをくれたものである。

そうしたこともあって、彼女が新しい母親になることには、紫乃もほとんど抵抗を覚えなかった。いや、むしろ嬉しく思ったくらいだ、と言っていい。

流桜館高校を進路に選んだのも、新体操部が県上位のレベルにあったことも大きかったが、そこに姉の朱乃と、なにより真巳子がいたことが最大の要因だった。

ただ、紫乃はずっと内心で一つの不安を抱いていた。

（お義母さんが子供を生んだら、あたしたちは邪魔になっちゃうんじゃないかな？）

真巳子には、ずっと自分たちの母親であって欲しかった。しかし、彼女に実子ができたら、きっと愛情はそちらに向いてしまうに違いあるまい。

母親が幼いほうの子を気にかけるのは当然だし、ましてやそれが戸籍上の義理の子供ではなく自分のお腹を痛めた子であれば、なおさらだろう。

幸いと言うべきか、結婚から四年経っても恒一と真巳子の間には子供ができなかった。そのことについて、義母が密かに悩んでいるのは知っていたが、紫乃はむしろ安堵していたのである。

（あたしってば、すごく自分勝手で……嫌い！　こんな自分、嫌いよ！）

ここ最近、特にそんな自己嫌悪が強まっていたことも、夏の県予選で実力を発揮できなかった一因かもしれない。

そんなことを紫乃が思っていると、健太がいきなり両足を大きく持ちあげた。そして、さらに腰の動きを大きくする。

「ひあああっ！　すごいのぉぉ！　ふあああんっ、もっとぉぉ！　きゃふううっ、あんっ、あああっ……！」

強烈な快感に見舞われて、紫乃はひたすら喘ぎ声をこぼしていた。

もう、破瓜の痛みなどまるで気にならず、ただただ心地よさだけが身体を駆け抜けていく。

この気持ちよさを味わっていると、自分のなかにあったネガティブな感情がすべて洗い流されていく気がした。

（いいのっ！　これっ、チン×ンよくてぇ！　あたし、初めてなのにエッチが大好きになっちゃいそうだよぉ！）

そうして少女が快楽に浸っていると、不意に健太が動きをとめた。

「ふえ？　ああん、なんでぇ？」

快感の注入がとめられて、つい不満の声をあげてしまう。

「ちょっと、体勢を変えよう。いったん抜くよ？」

そう言って、健太が腰を引いた。

すると、なんとも言えない喪失感が湧きあがってくる。すでに、一物が入っている状態に身体が慣れてしまったらしい。

少年は、紫乃の身体をうつ伏せにした。

「紫乃ちゃん、四つん這いになってよ」

もちろん、こちらはその命令に逆らう気などまったくないので、素直に従う。

少女がヒップを突き出すようにすると、健太は腰をつかんで一物をあてがった。そして、先ほどと同じように押しこんでくる。

「ふああっ、入って……んくううううっ！」

破瓜の部分をあらためてこすられて、痛みがややぶりかえす。しかし、こらえきれないほどではない。

やがて、少年の下腹部がヒップに当たったのが感じられた。彼の分身が根元までしっかり入りこんだのは、子宮に当たる先端の感触も含めて明らかだ。

健太は、少女の腰をしっかりつかむと、すぐにピストン運動をはじめた。

「ひゃううっ！　あっ、あっ、ひううっ！　あんっ、これぇ！　ああっ、すごいのぉ！　きゃふうっ……！」

たちまち性電気が全身を貫いて、甲高い喘ぎ声が口を衝く。

動物的な体位だが、そのぶん動きやすいらしく健太の抽送はスムーズそのものだ。

おかげで、快楽に没頭できる気がする。

　しかも、四つん這いになったため、大きくなっている胸がタプタプと音を立てて揺れ、先端から母乳が出て床を汚していくのだ。

　こんなことは、いつものバストサイズでは絶対にあり得ない。

　だが、そう意識すると不思議な興奮がこみあげてくる。

「若宮さん、すごく気持ちよさそう」

「ああ……わたしも、してもらいたいなぁ」

「エッチって、初めてでも気持ちよくなるんだぁ」

「紫乃ちゃんが、あんな顔をするなんて」

「紫乃、いいなぁ。あたしも、今度先輩にしてもらおうかな？」

　美枝と晴美と明香と琴美と伸子が、それぞれ羨ましそうに言うのが聞こえてきた。

　目を向けると、団体メンバーの五人は揃って目を潤ませ、熱心にこちらを見つめている。

（見られてる……あたし、先輩たちや琴美や伸子に見られてるよぉ！）

　だが、恥ずかしさはなかった。それよりも、そう意識するとますます気持ちが昂ってきてしまう。

「ああっ、あんっ、あんっ、いいのぉ！　はああっ、きゃううん……！」

　紫乃はひたすら喘ぎ、セックスの快楽にすっかり溺れていた。

この快感の前では、オナニーなど児戯に等しく思える。そして、そんなもので満足していた先ほどまでの自分が、どれだけ子供だったかを痛感せずにはいられない。

「くっ。紫乃ちゃん、そろそろ出すよ！」

腰を動かしながら、健太が苦しそうに言った。

その言葉の意味は、初めてであってもすぐに理解できる。

「ああんっ、出してぇ！　なかにっ、はあぁっ、あたしのなかぁ！　きゃううっ、先輩のセーエキでっ、ひううっ、満たしてぇぇぇ！」

そんな言葉が、自然に口を衝いて出た。

もちろん、少女にも中出しの意味はわかっていた。しかし、牝の本能がそれを求めてやまない。

なによりも、最後まで経験すれば新体操の表現力もきっとあがるという、確信めいた思いもあった。そのためであれば、多少のリスクなど些細なことに思える。

ましてや、こちらも絶頂寸前まで昂っているのだ。ここでペニスを抜かれることなど、考えたくもなかった。

「わかったよ。じゃあ……」

と言った健太の腰の動きが、小刻みなものになる。

そして間もなく、彼が「うっ」と呻いて腰の動きをとめるなり、紫乃は子宮に熱い液体が注ぎこまれるのを感じた。

「ああっ、なかに出て……もうっ、あたしもイクうううぅぅぅぅぅぅぅ!!」

射精と同時に、快感が大爆発を起こして、紫乃は目の前が真っ白になるのを感じながら絶叫した。

それとともに、胸にむず痒さが走り抜けて、大きかった乳房が風船の空気が抜けるように小さくなっていく。

だが、今はそんなことを気にするよりも、初めてのセックスで味わった大きなエクスタシーの悦びのほうが大きかった。

（あたし、大人になったぁ……これからきっと、もっと演技が上手になれるよぉ）

そんなことを思いながら、紫乃は床にグッタリと突っ伏していた。

6 残るは朱乃ちゃん！

昼休み、健太がカメラを手に廊下を歩いていると、向こうから紫乃がやって来た。

なにしろ学年が違うので、普通の休み時間に顔を合わせることは滅多にないのだが、さすがに昼休みだと、場所によってはこうして遭遇することもある。

「あっ、健太先輩！」

と、紫乃が笑顔で駆け寄ってきた。

「紫乃ちゃん、どうしたの？」

「ん？　用がなかったら、話しかけちゃダメなの？」

健太の問いかけに、少女が不服そうに言う。

「いや、そういうわけじゃないけど……」

「あのね、あたし演技の表現力がついたって、先生に褒められたんだよ！」

そう言って、紫乃は笑顔を見せた。

こうして表情がコロコロ変わるところも、彼女の魅力と言えるだろう。

「へぇ、そうなんだ。よかったね？」

「うん、ありがと。なんか、前に先輩が部の写真を撮りに来てから、なんだかすごく気持ちが晴れて、とっても調子がよくなったんだよね。なんでだろう？」

と、少女が不思議そうに首をかしげる。

真巳子と水泳部のときと同じく、健太は悪魔のカメラの力を使って、紫乃を含む新体操部の面々から着せ替えモードを使ったことやセックスなどの記憶を消していた。

したがって、彼女も少年が普通に部活動を撮影していただけで、自分が処女を失ったなどとは思ってもいないはずである。

しかし、いくら頭の記憶を消しても、肉体関係を持ったことで真巳子と同様に身体の記憶が残っていた可能性は充分に考えられる。

「健太先輩？　あたしのことを撮った写真、今度見せて欲しいなぁ」

　と、上目遣いに紫乃が甘えるように言う。

「うっ、それは……えっと、もうちょっといい写真が撮れたらね。新体操部の写真って、なかなかうまく撮れなくてさ。イマイチな写真を、あんまり人には見せたくないんだよ」

　健太は、あわててそう言いわけをした。

　もちろん、あのとき撮影した写真のデータはすでにパソコンに移動させて、真巳子の写真と同様にパスワードをかけたフォルダに保管してある。

　なにしろ、その大半は着せ替えモードを使った団体の演技の写真や、紫乃のあられもない姿なのだ。セックスをした記憶がないのにあんなものを見ようものなら、彼女がどうなるかわかったものではない。

「じゃあさ、また新体操部に写真を撮りに来てよ！」

　紫乃が、目を輝かせて提案してくる。

　おそらく、カメラがあったほうが興奮して気合いが入る、と思っているのだろう。

「うん。そのうちね。とりあえず、他の部活も撮影しておきたいから」

「わかった！　約束だよ、健太先輩！」

そう元気よく言って、少女はきびすをかえし、短いサイドテールを揺らしながら離れていった。

「紫乃ちゃんも、ずいぶんと親しく話してくれるようになったなぁ」

ついつい、そんなことを独りごちてしまう。

女教師の真巳子も、少年に対する態度が柔和になったし、なにより記憶を消しているとはいえ二人と深い仲になれたのだから、これは大きな進歩と言っていいだろう。

（こうなると、残るは朱乃ちゃんか……）

健太は、その場に立ちつくしたまま、いまだに撮影できずにいる少女に思いを馳せていた。

III テニス部～ツンツン同級生をハメ撮り！

1 鋭い彼女

（義母さんも紫乃も、絶対になんかおかしい！　あいつが、二人になんかしたんじゃないでしょうね？）

休み時間の教室で、若宮朱乃はそんな疑念を抱きながら、やや離れた斜め前の席に座っている健太に目を向けていた。

義母と妹の様子が今までと違う、という違和感を覚えたのは、ごくごく最近のことである。

もちろん、二人とも一見すると変わった様子はなかった。それに、家での二人の様子を見ているだけだったら、さすがに変化に気づかなかったかもしれない。

だが、学校で気をつけて見ていると、真巳子と紫乃の微妙な変化が感じられた。もっとも、そのことに気づいているのは朱乃だけのようだが。

とにかく、二人ともこのところなにかを吹っきれたように、やたらと機嫌がいいのである。

いや、それだけでなく、なんでもあの服部健太と普通に会話をしているらしい。

（いったい、なにがあったのかしら？　あいつと話すどころか、近づくだけでもとんでもないことになりかねないのに）

ここ数日は、エロトラブルの話を聞かないものの、健太が近づけばそういうことが起きる可能性が極めて高いことは、もはや全校の女子が知っている。しかも、朱乃は一年生のときからのクラスメイトということもあって、彼が起こすトラブルの最大の被害者だった。

とにかく、胸をつかまれたことは一度や二度ではなく、倒れてきた弾みに谷間に顔を押しつけられたり、スカートのなかに顔を突っこまれた経験もある。

もちろん、いずれも事故ではあった。しかし、何度もそういうことがあると、さすがに憤りを覚えずにはいられない。

義母にしても、健太のそうした体質の被害を何度か経験しており、かなり警戒していたはずである。

紫乃は、この間の件が初のエロトラブル被害だったものの、朱乃や真巳子から話を聞いていたし、自身が実際に経験したことで、健太に対して警戒心を抱くようになっていたはずだ。

それなのに、二人とも加害者である少年に写真撮影を許し、あまつさえ普通に話をするようになったと言う。

もちろん、新体操部は生徒会の許可があったらしいので仕方があるまい。しかし、あの義母が水着姿での部活動中の写真撮影を、ましてや健太が撮るのを許したというのは、にわかには信じられなかった。

なにしろ、その行為自体が写真部の存続の手助けになりかねないのである。もちろん、真巳子の写真程度で廃部の方針が揺らぐとは思えない。だが、この方針を提案した当の本人がそれを覆す手助けを自らするというのは、なんともおかしな話だ。

(やっぱり、あいつが二人になんかしたとしか思えないわ!)

あらためて、朱乃のなかにそんな疑問が湧きあがってきた。

だが、もしもなにかしらの弱味を握られたりしたのであれば、健太と普通に話をすることなどあり得まい。かと言って、自分の知らないところで三人が話し合って和解した、という線も考えにくかった。もしもそういうことをするなら、絶対に朱乃にも一言相談があるはずである。

疑念を抱きながら見ていると、健太がバッグからカメラを取り出した。

それを見た瞬間、朱乃は背筋に異様な寒気が走るのを感じた。

(この感覚……やっぱり、嫌な予感がする！)

少女は、彼がレンズを向けてくる前に席を立ち、そそくさと廊下に出た。

「なんなの、いったい？　このところ、絶対にあいつに写真を撮られたらいけないって気がして、仕方がないんだけど……」

朱乃は昔から直感が鋭く、隠し撮りのようなことには敏感に気づく人間だった。この直感のおかげで、事故などの危険を回避したことも何度かある。もっとも、健太の起こすエロトラブルだけは、なかなか避けることができなかったのだが。

しかし、この直感力がなかったら、被害の回数はもっと多かったことだろう。

とにかく、事故のように自分の身に危険が及びそうなときには、なんとも言いようのない不安感とともに背筋に悪寒が走るのである。

だが、盗撮の類に気づくときは、もっと違う感覚がある。ましてや、あのように少年がカメラを手にしただけで背筋が寒くなったというのは、初めての経験だ。

(そういえば、あいつのカメラ、少し前から新しいのになったみたいだけど……)

以前の一眼レフカメラでは、レンズを向けられたと敏感に察することはあっても、悪寒が生じることはなかった。

しかし、どうも今のはそこはかとない怪しさを感じる。そして、理由はさっぱりわからないものの、撮られるのを絶対に避けなくてはならない、という気がしてならなかった。

それに、よくよく考えてみると、カメラが新しくなった頃から健太のエロトラブルの話を聞かなくなった気がする。また、真巳子と紫乃の様子がなんとなく変わったのも、そのあとからだ。

(もしかして、二人の様子が変わったのも、あのカメラのせい？　まさかね……)

朱乃は、自分のなかに生じた考えを打ち消した。

たかがカメラ一台で、いったいなにが変わるというのだろう？

とはいえ、過去の経験から考えても、この直感を侮ることはできない。

(紫乃も義母さんも、わたしの大切な家族なんだから。絶対に、服部なんかの思い通りにさせてたまるもんですか！)

あらためて、そんな誓いが朱乃の心に湧きあがる。

妹の紫乃は、人前ではいつも明るく振る舞っているが、実は意外にナーバスでプレッシャーに弱い。しかし、彼女は昨年、新体操で全国大会に出て十位に入った。

一方の朱乃は今年、念願の全国大会に出たものの、二回戦負けを喫した。もちろん、中学と高校の違いや競技の違いはあるが、妹に上を行かれた悔しさがまったくない、と言ったら嘘になる。

ただ、それでも可愛い妹なのだし、変化を心配するのは姉としては当然だろう。

真巳子は、親としてはいささか頼りない部分もあったが、人間的には非常に尊敬できると思っていた。なにより、指導者としての彼女の姿は、朱乃の理想と言っていい。

それに、真巳子が朱乃と紫乃の母親であろうと、教師業と家庭の両立で日々がんばっていることもよく知っている。

二人とも、朱乃にとってかけがえのない存在だった。それだけに、彼女たちに一体なにがあったのかが気になって仕方がない。

（二人に直接問いただしても、きっと本当の答えは期待できない。けど、絶対になにがあったか突きとめてやるんだから！）

朱乃は、そんな思いを新たにして、拳をきつく握りしめていた。

2 催眠教室

「ちぇっ。やっぱり朱乃ちゃんって、ものすごく勘がいいなぁ」

カメラを手にした途端、朱乃に逃げられてしまい、健太はそう独りごちていた。

悪魔のカメラの支配モードで撮影する場合、操る対象の頭が映っていることが必須条件である。あのように逃げられてしまっては、どうしようもない。

ただ、なにしろ朱乃は少年が近づくどころか、遠距離から望遠レンズで撮影しようとしても、敏感に気づいて逃げてしまうのだ。今のようにあからさまにカメラを出せば、警戒されるのは当然かもしれない。

その後、健太は授業中なども、なんとか朱乃を撮影できないかと考えていた。

正直、隠し撮りは「撮影は堂々と」という自身のポリシーに反するので、あまりやりたくはなかった。しかし、朱乃を支配するためには、信念を多少曲げるのも仕方あるまい。

だが、彼女の席はやや離れた斜め後ろなので、そもそも隠し撮り自体が難しかった。

それに、休み時間になるとそそくさと教室から姿を消してしまい、授業がはじまる直前まで戻ってこなくなってしまったのである。

いくらなんでも、悪魔のカメラの力に気づいた、ということはないだろう。しかし、勘のいい少女のことなので、なにかしらの危険を察したのかもしれない。

（こりゃあ、一筋縄じゃいかないな。どうしよう？）

新体操部のときのように、生徒会の撮影許可を盾にして、部活動のときに撮影する手も考えられる。しかし、あの朱乃のことだ。健太がレンズを向けたら、おそらく部活中であっても写るのを巧妙に避けようとするだろう。

かと言って、正面から「朱乃ちゃんを撮りたい」と言っても拒まれるのは確実だし、あからさまに怪しまれるのは間違いない。

(できるだけ自然な形で、朱乃ちゃんに怪しまれないように撮らないと。だけど、そんな方法なんて……あっ、そうだ!)

健太は一つの方法を思いついて、内心で手を叩いていた。

休み時間になると、やはり朱乃はそそくさと席を立って教室から出ていく。

それを確認した健太は、悪魔のカメラを取り出した。

そして、教室に残った生徒たちを支配モードで撮影していく。

流桜館高校は、一クラス二十六人という少人数で、一人一人の生徒にきめ細かな指導をするのが売りである。四十人もいたら、誰がいて誰がいないかを把握するのも大変だっただろうが、この人数ならどうにかなる。

そうして、健太はトイレなどに行くなどして教室から出た生徒と朱乃を除く、室内の二十人をまとめて支配下に置き、いくつかの命令を与えた。

現時点では、これで充分だろう。

次の授業は、担任が担当の世界史である。

チャイムが鳴ると、間もなく朱乃が教室に戻ってきて、それから程なくして担任の女性教諭が教室に入ってきた。

起立と礼をして、他の生徒たちが着席する。

「先生、写真を撮っていいですか？」

健太は、立ったまま担任に声をかけた。

「えっ？　わたしの？」

少年の申し出に、女性教諭が目を丸くする。

「はい。できれば、授業中の写真を撮りたいんだけど、邪魔にならないように、とりあえず一枚だけ」

「仕方ないわね。さっさとすませて」

担任は、特に怪しむ様子もなく撮影を許す。写真一枚程度なら授業の支障にならない、と思ったのだろう。

健太は、支配モードにダイヤルを合わせて女教師を撮影した。そして、すぐに再生ボタンを押して画像を表示する。

（先生は、今すぐ僕に集合写真を撮ってもらいたくなる。さあ、みんなに「集合写真を撮ろう」って言うんだ）

と健太が念じると、担任が急に思いついたようにポンと手を叩いた。

「そうだわ。今日は全員出席なんだし、どうせならみんなとの集合写真も服部くんに撮ってもらいましょう」

すると、朱乃が「ええっ!?」と不服そうな声をあげる。

だが、あらかじめ健太が支配していた生徒たちは、「いいね」「賛成！」と担任の提案に賛意を示す。

クラスメイトの大半が同意したため、朱乃は驚いた様子を見せていた。

「それじゃあ、みんな教壇の前に集合して」

その担任の言葉で、朱乃を除くクラスメイトたちはいっせいに動き出した。

まだ支配を受けていない生徒たちも、集合写真を撮ること自体には疑問を抱いていないようで、素直に前に出る。

しかし、朱乃だけは顔を強張らせて、席を立とうとしなかった。

「朱乃、どうしたの？」

前に行こうとした女子生徒が、少女に話しかける。

「えっと……わたし、写真はちょっと……」

「ちょっとぉ。せっかく先生が、集合写真を撮ろうって言っているんだよ。あんたが抜けてどうすんのさ？」

そう言って、女子生徒が朱乃の手をつかむ。

「そうそう。ほら、朱乃。早く前に行こうよ」

と、もう一人の女子生徒も彼女の手を取る。そして、二人がかりで半ば強引に少女を立ちあがらせた。

「えっ？　ちょっ……愛衣《あい》、ひとみ？」

二人のクラスメイトの強引さに、朱乃が困惑の表情を浮かべつつも、引っ張られるようにして前に連れ出されてしまう。

もちろん、この二人はすでに悪魔のカメラの支配下にあった。健太は彼女たちに、「朱乃ちゃんが撮影を嫌がったら、なんとしてでも前に連れていって、絶対に逃げられないようにする」と、あらかじめ命じておいたのである。

「ちょっと、二人とも。やっ。わたし、あいつに写真を撮られたくないのっ」

朱乃が、本気で嫌がる素振りを見せる。

「なに言ってんの？　そりゃあ、あんたは服部のエロトラブルの被害者だけどさ」

「写真の一枚や二枚くらい撮られたって、別になんてことないでしょ？」

二人のクラスメイトは、笑顔でそう言いながらも、朱乃の両脇をしっかり抱えるようにして、逃げられないようにしてしまう。

「お願い、二人とも離してよっ。あいつにだけは……あのカメラだけは、絶対にダメなのっ！」

必死の形相で、朱乃が訴える。

しかし、支配モードで受けた命令は絶対である。二人のクラスメイトは、にこやかに「ダーメ」と言いながら、少女を前に連れていった。

すでに支配したクラスメイトたちは、朱乃の様子を見てもまるで表情を変えていない。しかし、支配を受けていない数人のクラスメイトは、さすがに怪訝そうな表情を浮かべている。

「若宮さん、なにをそんなに嫌がっているの？　写真を撮るだけでしょう？　あなたは可愛いんだし、もっと自信を持ちなさいよ」

と、担任の女教師も不思議そうに言う。

「くっ……あんた、いったいみんなになにをしたの!?」

担任の異変にも気づいたらしく、朱乃が顔だけこちらに向けて怒鳴りつけてきた。

「はて、なんのことかな？　僕は、写真を撮ろうって言っただけだよ」

すっとぼけながら、健太は支配モードのままカメラを構えた。

朱乃は、両側をしっかりと押さえこまれた状態で、二列目の端に立つ。

「それじゃあ、撮るよ。はい、チーズ」

と、健太はシャッターを切った。

そうして再生ボタンを押すと、クラスメイト全員が映っているのが確認できた。ただし、朱乃は横を向き、カメラのほうを見ていない。

（もっとも、頭さえ映っていれば問題ないんだけど）

ついに、あの朱乃を写真に収めることに成功して、健太は内心でほくそ笑んでいた。

「じゃあ、みんな僕の指示に従うこと。朱乃ちゃん以外のみんなは、席に戻るんだ。先生も、ちょっと横にどいて。朱乃ちゃんだけは、そこに残ること」

そう命じると、クラスメイトと女教師が言われた通りに動きだす。しかし、もう朱乃もそのことに疑問の声をあげたりしない。

クラス全体を支配下に置くというのは、本来ならもっと早くやっていてもよかったことだろう。しかし、いつも接している面々を支配することを、健太はなんとなく避けてきた。

今回も、できれば朱乃をピンポイントで狙いたいと思っていた。だが、あれだけ逃げられてしまう以上、もう贅沢は言っていられない。そして、ついに念願が叶ったのだから、思いきってクラス全体を支配してよかった、という気持ちもこみあげてくる。

健太は、教壇に一人残った少女にカメラを向けた。

「朱乃ちゃん、こっちを見て笑って」

と指示を出すと、彼女は「ええ」と応じて視線をこちらに向け、今まで見せたことのないような満面の笑みを浮かべる。

こちらの指示に素直に従うところから、少女が支配モードの影響下にあるのは明らかだ。

そのにこやかな表情に心臓が高鳴るのを感じながら、健太はシャッターを切った。

これで、集合写真のなかから朱乃に対する支配だけが独立したことになる。

（やったぞ！　ついに、朱乃ちゃんを撮影できた！）

今まで、何度となく失敗してきた少女の単独撮影ができたことで、健太はその場で飛びあがりたいほどの喜びを感じていた。

なにしろ、こうして支配下に置いた以上、今後は彼女のどんな写真でも撮り放題なのである。

ただ、同時にこれまでこの少女に味わわされてきた屈辱と、撮影を試みながらも避けられつづけてきた苦難の記憶が脳裏に甦っていた。

（単に、エッチなポーズとかさせて撮っても、なんか面白くないよな。まずは、朱乃ちゃんに恥ずかしい思いをさせてやらなきゃ、ちょっと気が治まらないや）

とにかく、一年生のときからクラスメイトだったこともあり、朱乃に対してはエロトラブルを起こした回数は桁違いに多い。そのぶん、健太は彼女から強い敵意を向けられ、ずっと警戒されてきた。いや、それどころかエロトラブルのたびに殴られたり蹴られたりして、「痴漢」「変態」などと罵られてきたのである。

もちろん、こうした彼女の言動も仕方がない、という気持ちはあった。しかし、わざとやっていることではないのだし、理不尽に思う気持ちも、心のなかには常に存在していた。

そうした鬱積したものがあるだけに、支配したからと真巳子や紫乃のように単にエッチな写真を撮影したり関係を持ったりするだけでは、いささか不満がある。

「あっ、そうだ！　せっかく、クラス全体を支配したんだから……」

健太はいい方法を思いつき、さっそく実行のための命令を与えることにした。

3　公開オナニー

（あれ？　わたし、いったいどうしてしまったの？）

朱乃は、急速に意識が戻ってくるのを感じながら、疑問を抱いていた。

先ほど、クラスメイトの二人によって強引に前へと連れ出され、健太に写真を撮られてから意識がすっかり混濁してしまって、なにがあったのかが思い出せない。

「朱乃ちゃん、気がついた？」

前方から健太の声がして、思わず「ひっ」と息を呑んで目を向ける。

そこで少女は、ようやく自分が置かれている状況に気づいた。

朱乃は教壇にペタン座りをして、クラスメイトたちのほうを向いていたのである。

健太はカメラを構え、少女の真ん前にしゃがみこんでいた。

クラスメイトたちは、健太以外に三人いる男子はなぜか姿がなく、女子生徒だけが教室に残っている。

クラス担任の女教師はすぐ横にいるものの、教壇にいる朱乃のことも、そのすぐ前にいる健太のことも気にしている様子はない。

「先生、これはいったい？」

「若宮さんには、これから授業の手伝いをしてもらうのよ。忘れちゃったのかしら？」

「そんなこと……あ、あれ？」

朱乃は、あわてて立ちあがろうとした。しかし、なぜか身体がピクリとも動かない。

「ああ、無駄だよ。キミの身体は、僕と先生が言った通りにしか動かないんだよ」

「なんですって!?　そんなことを……」

「ちょっと声が大きいな。隣の教室に聞こえちゃうかも。よし、朱乃ちゃんはもう大きな声を出せなくなる」

「なっ、なにを……あれ？」

健太の命令を聞いた途端、朱乃は自分の声のトーンが一気にさがるのを感じた。

彼の言った通り、もうさっきのような大声は出せそうにない。どうやら、少年の言葉は本当のようだ。

「このっ……わたしやみんなに、催眠術でもかけたの？」

「ん〜、近いけど違うね。僕もうまく説明できないんだけど、ようはこのカメラのあるモードで撮影すると、その人は僕の言いなりになるんだ。さっき、集合写真を撮ったから、今じゃクラス全体が僕の思いのままなんだよ」

と言って、健太がこれ見よがしに一眼レフカメラを掲げる。

「カメラで撮っただけで？　まさか、そんなこと……」

あるはずがない、と一笑に付したかったが、朱乃には思い当たる節があった。

確かに、自分自身もあのカメラには不気味な悪寒を感じ、健太に撮影されることを強く警戒していたのである。

今回も、もしも二人のクラスメイトによって強引に前に引っ張り出されなければ、意地でも撮影を拒んでいただろう。

その自分でも不思議に思った危機感が、彼の言うカメラの能力への直感的な警戒心だったとすれば、すべて納得がいく。

「はっ。クラス全体って……まさか、愛衣とひとみも？」

「その通り。彼女たちは、休み時間の間に支配していたんだけどね。二人の協力で、やっと朱乃ちゃんを撮影できたよ。ああ、よかった」

「このっ。卑怯者！　ふざけないでよっ」

そう言って健太につかみかかろうとしたものの、やはり神経が切断されているかのように身体がまったく動かない。おそらく、意識が混濁している間に、さまざまな命令を与えられたのだろう。

「無駄な抵抗は、やめたほうがいいよ。だいたい、意識が正常に戻ったのも僕がそう命令したからなんだし、その気になれば僕に支配されるのが当然、って思わせることもできるんだから」

健太が、平然と言った。

にわかには信じがたい話だが、クラスメイトたちや担任がその言葉になんの反応も示さないのを見れば、彼の言っていることが真実だとわかる。

撮っただけで心まで支配してしまうとは、なんと恐ろしいカメラだろう。

そのとき、朱乃の脳裏に一つの推測が浮かんだ。

「ま、まさかとは思うけど、義母さんと紫乃のことをそのカメラで撮ったんじゃ？」

と聞くと、健太は「うん」とあっさりと首を縦に振った。

やはり、二人が急に少年と親しくなったのは、カメラの支配を受けたせいだったようである。

そうわかると、激しい怒りがこみあげてくる。

だが、少女が感情をぶつける前に、健太が担任に向かって口を開いた。

「さて、と。先生、そろそろ授業をはじめようよ」

「そうね。若宮さんには、オナニーのお手本を見せてもらいましょう。服部くん以外の男子には、調べ物ってことで図書室に行ってもらったから、遠慮しなくていいわ。さあ、いつもしているみたいに、やってみせてちょうだい」

女教師が、まるで普通の授業で生徒に当てているかのように言う。だが、その指示内容はとんでもないものである。

いくら健太以外の男子生徒がいないとはいえ、クラスメイトたちが見ている前で、ましてやカメラを持った少年が目の前にいるのに自慰をしろ、と言うのだ。

「なっ……そんなこと、できるわけが……えっ？」

あわてて拒絶しようとした朱乃だったが、その手が勝手に自分のスカートに向かって動きだしたため、思わず戸惑いの声をあげてしまう。

（はっ。確か服部はさっき、「キミの身体は僕と先生が言った通りにしか動かない」って言っていたわ！）

そうであれば、女教師の指示に身体が従うのは当然と言える。

だが、だからと言ってこんなことを素直に受け入れられるはずがない。

「くうっ。と、とまってよぉ！」

なんとか抗おうとしたものの、手は勝手に股間に向かい、スカートをたくしあげて飾り気のないピンク色のショーツをあらわにしてしまう。そして、指で秘部をなぞり出した。

「朱乃ちゃんって、オナニーのときいきなりオマ×コを弄るんだ？」

「んんっ。し、知らないわよっ。こんなこと、ほとんどしたことないもんっ」

少年の指摘に対し、朱乃は思わずそう口走っていた。

もちろん、「オナニー」という言葉自体は知っていたし、まったくしたことがないと言うつもりもない。ただ、胸や性器を弄って少し変な気分になると、怖くなって手をとめてしまっていたのである。

「あら、そうだったの？　それじゃあ、オマ×コはそのままでいいけど、オッパイも自分で揉んでみましょうね」

その女教師の言葉を受けて、少女の片手が勝手に動きだした。そうして、制服の上から乳房をわしづかみにする。

「んっ……やっ。こんな……」

朱乃は、なんとかして手の動きをとめようとした。しかし、カメラの支配は想像以上に強力らしく、他人の手にされているかのようにまったく自由が利かない。まるで、身体が感覚だけ残して別の人間になってしまったかのようだ。

すると、健太がカメラを構えた。

「はっ。ちょ、ちょっと。そのカメラは……」

「大丈夫。今は、なんの効果もないノーマルモードにしてあるから」

そう言って、健太がシャッターを切りだす。

しかし、支配モードで撮影された瞬間に味わった妙な感覚は、確かになかった。どうやら彼の言葉通り、今は普通の写真を撮るモードらしい。

そう安堵した途端、胸と股間から甘美な性電気が流れて、朱乃は「んあっ」と思わず声をもらしてしまった。

カメラがノーマルモードだと安心したことで、つい緊張がほぐれて自慰の快感が走り抜けたのだろう。

（くうっ、耐えなきゃ。身体が言うことを聞かないんだったら、こんなことをしても無駄だって服部に思い知らせてやるわよ！）

幸いと言うべきか、自慰に慣れていないのと人前という緊張感もあるようで、一時的には性電気が発生したものの、こうしていてもそれほど気持ちよさは増してこなかった。この状況ならば、授業時間の間ずっと弄っていても、なんとか我慢できるかもしれない。

それにしても、自分にこんなことをさせているということは、健太は真巳子と紫乃にも相当に恥ずかしいことをさせたのではないだろうか？

そう考えると、目の前の少年に対する怒りがあらためてこみあげてきて、ますます快感が遠のく。

すると、健太が撮影の手をとめて首をかしげた。

「うーん、なんか色っぽくないなぁ。オナニーをほとんどしてないから、なかなか気持ちよくならないのかな?」

「あ、あんたが近くにいるからよっ。みんなの前でこんなことさせたって、わたしは絶対に思い通りになんてならないんだからねっ」

と、朱乃は少年をにらみつける。

おそらく、健太は少女に恥辱を与えることで、自分に屈服させるつもりなのだろう。だが、そうとわかっていれば、意地でも耐えるしかあるまい。

「なるほどね。それじゃあ、朱乃ちゃんのオッパイとオマ×コは、これからすごく感じやすくなるよ」

健太がそう指示を出した瞬間、胸と股間から鮮烈な性電気が流れた。そのため、思わず「んああっ」と声がこぼれ出てしまう。

「おっ、いいねぇ。そうそう、その調子」

と言いながら、健太が再びシャッターを切りだす。

「手つきが、かなりよくなってきたわね。それじゃあ、今度は気持ちいいところをもっと大胆に弄って、どんどん感じましょう」

女教師のそんなアドバイスを受けると、手の動きが勝手に大きくなってしまう。

「くっ……やっ、あんっ……ああっ、イヤなのにぃ……あふうっ、だんだん気持ちよく……あはああっ、あああ……！」

乳房と秘裂からもたらされる甘美な刺激に、朱乃はつい甘い喘ぎ声をこぼしていた。もちろん、我慢できるものならそうしたい。しかし、行為によってもたらされる心地よさは、ティッシュペーパーを引き裂くくらい容易に理性の抵抗を壊してしまう。

（ああっ、ダメ！　このままじゃ、わたしおかしくなっちゃう！　わたしの手、お願いだからとまってぇ！）

快感に翻弄されながら、朱乃はなおも懸命に心のなかで抵抗を試みた。

しかし、カメラの支配に加えて自慰の心地よさもあり、どうしても指の動きがとまらない。

「はああっ、あんっ、あんっ……すごっ……きゃうっ、こんな……ふはあっ、はっ、初めてぇ！　あああ……！」

そんな言葉が、自然に口を衝いて出てしまう。

そうしているうちに、次第に秘部がうずいてきた。

朱乃は、半ば無意識に足をM字に大きくひろげ、ショーツの内側に指を這わせた。

そうして指がじかに触れた途端、鮮烈な快電流が脊髄を貫いて、「ふああっ！」と甲高い声がこぼれ出てしまう。

だが、その感覚がなんとも心地よく、もっと味わいたくて布の上から割れ目をこするように指を動かしてしまう。

「あはああっ！　あんっ、これぇ！　あああっ、すごくっ、はひいいっ、かっ、感じてぇぇぇ！　ひゃううんっ……！」

大声を出せないものの、そんな喘ぎ声が口から自然にこぼれ出る。

（ああ……イヤなのに、すごく気持ちよくて、エッチな声が勝手に出ちゃうよぉ！　これっ、ああっ、オッパイもオマ×コも、とってもいいのぉ！）

行為をつづけているうちに、朱乃はいつしか快感に酔いしれていた。

いつもなら、もうとっくに怖くなって手をとめている段階だが、今は自分の意思で行為をやめることができない。そのため、今まで味わったことのないレベルの性電気が身体を駆けめぐっていた。

「朱乃、気持ちよさそう」

「あたしのオナニーの仕方、間違っていたかも」

クラスメイトたちのそんな声が、快感に溺れそうになった少女の耳に届く。

だが、人に見られていることを意識しても、もはやこの行為をとめることはできそうにない。

「そろそろ、こっちも遊んでみようかな？」

そう言うと、健太がカメラのモードダイヤルを切り替えた。そして、なにやら十字キーを弄って、またシャッターを切る。

だが、別にそれでどうなった、という気もしない。

少女が疑問を抱いていると、それを察したのか、健太がカメラの液晶画面をこちらに向ける。

そこに映っていた自分の姿に、朱乃は驚きを隠せなかった。

なんと、画面内の少女は制服も下着も消え失せ、まるで素っ裸で自慰をしているようだったのである。

「あんっ、そ、それは……？　ああっ、んんんっ……」

「これは透視モードって言って、服とかを透視して写真を撮れるんだよ」

と、健太がこちらの疑問に答える。

まさか、そのようなモードまで存在するとは、驚きと言うしかない。

健太は、またカメラを構えてシャッターを切りだした。

おそらく、カメラにはヌード姿が記録されているのだろう。

だが、そう意識すると、なぜかドキドキしてしまう。

「それじゃあ、そろそろ制服をはだけて……」

「ああ、先生。そこは僕に任せて」

女教師の言葉を、少年が途中で制止した。

そして、健太はまたモードダイヤルを弄り、画面を見ながら十字キーを操作しだす。

「はうっ。こ、今度はなにを……んああっ、する気なのぉ？　ふはああっ……！」

快感に苛まれながら、朱乃はなんとかそう問いかけた。

「それは、お楽しみだよ。今度は、朱乃ちゃんにも変化がわかるから」

そう言って、健太がシャッターを切る。

すると、制服が消え失せて瞬時に新体操のレオタード姿に変わった。もちろん、制服とは手触りも変化する。

「あはああっ、こっ、これは？　あああっ、んはあああっ……！」

「着せ替えモードさ。画像を選んでシャッターを切ると、その服装に替えることができるんだよ」

と、健太が自慢げに応じた。

人を支配するだけでも驚きだというのに、透視をしたり着せ替えをさせたりもできるという。いったい、あのカメラにはどれほどの機能が備わっているのだろうか？

しかし、妹のレオタード姿は見慣れているが、自分がレオタードになったのは初めてのことである。

これは、身体のラインがはっきり浮き出るため、なかなか恥ずかしい。

健太はモードダイヤルを切り替え、シャッターボタンを押して撮影をはじめた。

せっかく着せ替えをしたのにヌードを撮影しているとは思えないので、おそらくこれはノーマルモードなのだろう。

担任もクラスメイトたちも、こちらを熱心に見ているものの、衣装が変わったことに驚いた様子は見せていない。どうやら健太が、服の変化を気にしないようあらかじめ命令を与えていたらしい。

（それでも、レオタード姿でオナニーしてるところを見られるなんて、恥ずかしすぎるわよぉ！）

しかし、羞恥心と同時に不思議な興奮を覚えているのも事実だった。

ひとしきり撮影すると、健太がまたモードダイヤルを弄り、十字キーを操作しだした。そして、またシャッターボタンを押す。

すると、今度は胸元まで見えるミニのワンピース姿になった。緑色の生地で裾がギザギザの切りっぱなしデザインなので、おそらくは背中に羽根のある妖精のコスチュームなのだろう。

「いいよ、朱乃ちゃん。その格好でのオナニー、すごく魅力的だ」

そんなことを言って、健太は位置を変えながらさらにシャッターを切る。

「朱乃、すごくエッチな顔をしてるぅ」

「なんだか、こっちまで変な気分になっちゃうよぉ」

そんなクラスメイトたちの声がして、朱乃は視線を前に向けた。

こちらを見つめている少女たちは、一様に頬を紅潮させ、興奮している様子だった。

朱乃の自慰を見ていることだけでなく、おそらく淫気にも当てられているのだろう。

だが、そうはわかっていても、胸と股間を弄る手の動きはまったくとまらなかった。

いや、むしろますます興奮するような気がしてならない。

(服の上からなのに、こんなによくて……オマ×コもそうだけど、じかにオッパイを揉んだら、絶対にもっと気持ちいいわ!)

そんな思いが、朱乃のなかにこみあげてくる。

すると、また健太がモードダイヤルを切り替えてシャッターボタンを押した。

途端に、今度はいつもの制服姿に戻った。ただし、布地が肌に当たる感覚や手の感触から考えて、制服の下に下着が存在していないのは明らかだ。いわゆる、ノーパンノーブラ状態である。

だが、この格好は今の朱乃にとっては好都合と言っていい。

朱乃は、半ば無意識に制服の前をはだけていた。そして、ふくらみと秘裂を直接愛撫する。

「んはああ！　やっぱり、いいよぉぉ！」

先ほどまで以上の快感がもたらされて、朱乃は甲高い声をあげていた。大声を出さないように命令されていなかったら、廊下まで響く声を出していたかもしれない。

さすがに、「オッパイとオマ×コがすごく感じやすくなる」という命令を受けただけあって、乳房からもたらされる快感は想像以上だった。しかも、いつもと違ってかなり強く揉んでいるため、性電気の発生の仕方も桁違いである。

「あああっ！　はうっ！　これぇ！　あんっ、ひゃううっ、気持ちいぃぃぃ！」

胸と股間からの鮮烈な快感に、朱乃はたちまち酔いしれていた。

こうしてじかに性感帯を弄ると、性電気が先ほどよりいちだんと強まる。

（オナニーが、こんなに気持ちいいなんて……なんだか、癖になっちゃいそう！）

快感で朦朧とした頭で、朱乃はそんなことを思っていた。

いったんこの快楽を覚えた以上、もう自宅で自慰をするときに怖さで指がとまることはあるまい。それどころか、今後はこうして覚えた心地よさをまた味わいたくて、何度でもオナニーをしてしまいそうだ。

（すごい！　すごく気持ちよくて……はっ、違う！　こんなの、わたしじゃない！これは、服部の命令のせいなんだから！）

快感で朦朧とした頭のなかに、そんな言いわけめいた思いがよぎる。

いや、実際に最初はそうだったたし、激しく感じているのは彼の命令のせいというのはあるだろう。しかし、今はさらなる心地よさを得たくて、自分の意思で手を動かしているのも間違いない。

（わたし、おかしくなってる。こんなに気持ちよくて、もっとよくなりたくてたまらないのぉ！）

もはや、自分がいる場所も格好も、クラスメイトや担任に見られていることも、さらに健太に撮られていることすら気にならなかった。むしろ、そうしたことを意識すると興奮が増す気さえする。

「ああっ、いいのっ！　はっ、あんっ、これぇ！　あああっ……！」

「若宮さん、どこがいいのか、ちゃんと言わなきゃダメよ」

横から、女教師が声をかけてくる。

「ふあっ、オッパイと、ああんっ、オマ×コぉ！　あああっ、すごくいいのぉ！　ふああ、ああんっ……！」

朱乃は、ほとんど無意識にそう答えていた。

だが、淫語を口にしたというのに、羞恥心は意外なくらい湧いてこない。それどころか、ますます興奮が高まっていく気さえする。

（気持ちいい！　すごくいいっ！　オナニー、好きぃ！　気持ちいいの、とっても好きなのぉ！）

もはや、朱乃は自分がどこでどうして自慰などしているのか、ということを考えることすらできなくなっていた。

今はただ、この快楽を最後まで味わい尽くしたい、という思いしかない。

股間で指を動かすと、蜜がグチュグチュと音を立てて溢れだし、床にこぼれていくのがはっきりとわかる。

そうした感触が、少女にさらなる昂りをもたらす。

「はっ、はああ！　来る！　なにか来ちゃうぅぅぅう！」

やがて、朱乃は身体の奥にある熱の塊が急激に膨張するのを感じて、思わずそう口走っていた。

「朱乃ちゃん、もうイキそうなんだね？　いいよ、思いきりイクところを、僕に撮らせてよ」

健太のそんな声が、前から聞こえてくる。

「ああっ、イク？　ふあっ、イクッ！　イクイク！　イッちゃうううぅ！　ふあああああぁぁぁぁぁぁん！」

指の動きを激しくした途端、たちまち目の前が真っ白になって、少女は身体を強張らせて、絶頂の声をあげていた。

命令で大声を出すのを禁じられていなかったら、学校中にこの声が響き渡っていた

かもしれない。

　間もなく、朱乃は身体から一気に力が抜けていくのを感じた。

「とてもいいイキ方だったわよ、若宮さん。みんなも、今の若宮さんのオナニーを参考にして、オナニーの自習をしっかりしましょう」

　そんな担任の言葉と、クラスメイトの女子たちが「はい！」と返事をするのが、絶頂の余韻が残るなか、うっすらと聞こえてくる。

「イッた朱乃ちゃん、すごく綺麗だよ」

　という健太の声と、カメラのシャッター音もつづく。

　だが、今の少女にはそれを制止する気力などまったく残っていなかった。

（あああ……イッたぁぁ……わたし、服部に写真を撮られながらイッちゃったよぉ）

　もちろん、そのことに若干の悔しさは感じている。しかし、初めて味わった絶頂の心地よさに、朱乃はなんとも言えない幸福感も抱いていた。

4　テニスコートで

　放課後、健太はテニスコートのフェンスの内側に入り、朱乃を除く部員たちが柔軟体操をする様をノーマルモードで撮影していた。

彼女たちは、上は思い思いのTシャツ、下はスコートやキュロットスカートやハーフパンツという格好をしている。テニス部は、練習に支障がない限り普段の服装は自由なのだそうだ。

そうして少年が、すぐ近くに寄ってローアングルでシャッターを切っても、部員たちは気にする素振りも見せない。というのも、すでに健太は女子テニス部全員を悪魔のカメラの支配下に置いていたのである。

最大の障害だった少女を支配したおかげで、他の部員たちを支配モードでまとめて撮影することは、今までの苦労が嘘のように簡単にできた。なにしろキャプテンの指示であれば、部員たちも集合写真を拒むことはない。

また、顧問の女教師は今日、どうしても外せない会議があるとのことで、練習の指示を朱乃に任せていた。もっとも、顧問もすでに支配モードで撮影ずみなので、たとえこの場にいても問題はなかったのだが。

間もなく、朱乃がフェンスの出入り口のドアを開けて、テニスコートに姿を見せた。いや、いったんはコートに来たのだが、健太が指示を出して着替えさせたのである。

今、彼女は上が赤地に黄色のラインが入ったポロシャツで、下が白いスコートという格好である。しかし、スコートを手で押さえ、頬を赤らめてなんとも落ち着かない様子を見せている。

「やあ、戻ってきたね。やっぱり、朱乃ちゃんはスコートのほうが似合ってるよ」

健太がすっとぼけて言うと、少女はキッとにらみつけてきた。

「くっ、このっ……本当なら、キュロットで練習するつもりだったのに」

「僕は、テニスならスコートがいいと思うなぁ。特に、写真を撮るんだったら絶対にスコートだね」

その少年の言葉に、朱乃は顔を真っ赤にして、スコートをさらに強く押さえつけた。

彼女がこんな態度なのも、無理はあるまい。なにしろ、今は健太の命令で本来は穿くべきアンダースコートを着用していなかった。つまり、大きく動けば下着が丸見えになってしまうのである。

「さあ、それじゃあ朱乃ちゃんも準備運動をして、いつも通りの練習をはじめるんだ。僕は写真を撮っているけど、撮影の邪魔をしたらダメだからね」

少年の指示を受け、朱乃は悔しそうに唇を噛みながらも、準備運動をしている部員たちのほうに向かって歩き出した。

（いや〜。身体は支配したまま普通の意識は残しておく、っていうのも、なかなか面白いもんだな）

少女の態度を見ながら、健太はついついそんなことを思っていた。

教室で朱乃を支配したものの、健太は彼女の肉体は支配したまま、あえて意識だけを正常な状態に戻した。だから、自慰授業のとき少女は快楽に溺れながらも、反発するような言動をつづけていたのである。

もちろん、真巳子や紫乃のように心まで完全に支配して言うことを聞かせるのも、なかなか気分がいいとは思う。

しかし、朱乃に対してそのようにしても、イマイチ面白みが感じられない気がした。どうせなら、彼女の思いきり羞恥心と屈辱にまみれた表情も撮影したいし、自分の意思で快楽に溺れていくように仕向けたい。

そんな欲望が、健太のなかにはあったのである。

教室での自慰授業というのも、我ながら面白い趣向だったとは思う。だが、やはり朱乃の最大の魅力はテニスをしているときにあるのだ。そうであれば、彼女の部活中に自分が満足できるようなエッチな写真を撮りたい。

健太がそんなことを考えているうちに、準備運動が終わって朱乃を含むテニス部員たちが三面あるコートに散った。

テニス部員は朱乃を含めて十五人おり、一年生が九人で二年生が六人という内訳である。今、テニスコートにいるのは、全員が二年生だ。おそらく、実力に関係なく最初は上級生がコートに立ち、一年生は球拾いをすることになっているのだろう。

「そ、それじゃあ、はじめ！」

落ち着かない様子の朱乃の号令で、部員たちが軽いラリーをはじめる。

健太は、さっそくキャプテンの少女にカメラを向けた。

もちろん、スコート姿の朱乃も、ショートヘアでボーイッシュな容姿の相手とラリーをはじめていた。ただ、今はまだ肩慣らし程度のせいか、スコートがめくれるような大きな動きはない。

少年の視線に気づいたのか、ボールを打ちかえした朱乃がチラリとこちらに目を向ける。だが、一瞬とはいえボールから目を離せばそのぶん反応が遅れてしまう。

朱乃は、かえってきたボールをなんとかラケットに当てたものの、それはネットに引っかかってしまった。

ただ、このままでは思ったような写真をなかなか撮れそうにない。

「朱乃ちゃんと、そっちの……南條《なんじょう》さんだっけ？　二人は、もっと本気になって打ち合ってよ」

と、健太はプレーが途切れたのを見て、そう指示を出した。

すると、相手の南條美里《みさと》は「次、いくよ！」と言うなり、かなり早いサーブを放った。しかも、今度は速度があるだけでなく、コースもなかなか厳しい。

それでも、朱乃は素早く動いてそのボールに追いつく。

（おおっ、見えた！）

スコートからピンク色のショーツが見えて、健太は心のなかで喝采していた。

少女が勢いよくリターンすると、さらにスコートがめくれて下着があらわになる。

「やんっ、もうっ」

打ちかえすなり、朱乃はプレーを忘れてスコートを押さえてしまった。

そのため、かえってきたボールをリターンできない。

「ちょっと、朱乃？　なにやってんのさ？」

「ご、ゴメン、美里。ちょっと……ね」

美里の文句に、キャプテンの少女が言葉を濁す。

健太は、朱乃を除くテニス部員たちに、あらかじめ「朱乃ちゃんがどんな格好をしていても気にしない」という命令を与えていた。したがって、彼女がスコートの内側にアンスコを穿いていなくても、当の本人以外は誰も気にしていないのである。

そのことは朱乃もすでにわかっているので、いくら言いわけをしても無駄だと思って言葉を濁したのだろう。

そうして、朱乃がまた構えると、健太はカメラをノーマルモードにしてレンズを彼女に向けた。

少女が、美里の放ったサーブを打ちかえす。そうして、めくれたスコートから下着が見える瞬間を連写で撮る。

（うほー！　これは、なかなか……）

アンスコが見えるのもいいのだが、このような形で下着が見えると、それだけで興奮があおられてやまない。

そもそも、短いスコートなのにアンダースコートを穿かずにプレーすること自体が、普通はまず考えられない。そんな姿を間近で拝めるだけでも、充分に贅沢と言うべきだろう。

そんなことを思いながら健太が撮影していると、朱乃の返球がまたネットに引っかかった。

「ちょっと朱乃、本当にどうしたのさ？　今日は、かなり調子が悪いんじゃない？」

「ご、ゴメン。ちょっと、カメラが気になって」

美里が、ネット越しに近づいて心配そうに聞くと、朱乃は撮影している少年に責任転嫁する。

「へぇ。僕が悪いんだ？　じゃあ、お詫びに新しい命令をしてあげるよ」

健太が近づいてそう言うと、少女がたちまち顔を引きつらせた。

どんな命令をされるかわからないため、不安を抱いたのだろう。

その表情を見て、健太は内心でほくそ笑みながら口を開いた。

「朱乃ちゃんは、これからポイントを取られるたびに、服を一枚ずつ脱ぐんだ」

「ええっ⁉　あたしの格好を知っていて、そんなことを言うの？」

と、朱乃が驚きの声をあげる。

なにしろ、彼女が今着用しているのはポロシャツとスコートで、下はブラジャーとショーツだけである。あとは、せいぜい両方の足に履いている靴と靴下くらいだ。

つまり、最大でも八ポイント失えば、文字通り一糸まとわぬ姿になってしまうのである。

おまけに、ここは外のテニスコートだ。部員たちは、「朱乃がどんな格好になっても気にしない」と命令してあるため、裸になってもなにも言わない。しかし、テニスコートは外の運動部が使う部室棟と近いため、まだ健太の支配を受けていない他の部の人間に見られる可能性は充分にある。それはなんとか避けたい、と思うのは当然の心理だろう。

「点を取られなければいいだけじゃん？　あ、だけどキミはラケットでボールを打つたびに、どんどん気持ちよくなっていくからね」

「なっ……なんなのよ、それは⁉」

少年の新たな命令に、朱乃が目を大きく見開いて文句を言う。

なにしろ、失点しようがしまいが結局おかしなことになるのだから、彼女にしてみればたまったものではあるまい。

「はい、話は終わりだよ。さあ、早く練習に戻って。あ、南條さん、お待たせ」

そう言って、健太はラインの外に出ると再びカメラを構えた。

朱乃は、悔しそうな表情を浮かべながらも、それ以上はなにも言わずにラケットを構える。今の自分に選択権などないことくらい、彼女自身もよくわかっているらしい。

美里が放ったサーブを、朱乃が素早く動いて打ちかえす。その瞬間、彼女の表情が恍惚としたものになり、その口から「ふあっ」と甘い声がこぼれ出る。

そのボールをさらに美里が打ちかえし、ラリーがはじまった。

どうやら朱乃は、ミスをしてこの場で服を脱ぐくらいなら、気持ちよくなるほうがマシだ、と考えたらしい。

何度かのラリーのあと、朱乃は下着が見えるのも構わず、やや強引にスマッシュを放った。

すると、そのボールは懸命に追いかけた美里の傍らを抜けていく。

「はあああん！　気持ちいいぃぃぃ！」

スマッシュが決まった瞬間、朱乃がそんな声をあげて身悶えした。

ボールを打ちかえして得た快感と、スマッシュが綺麗に決まった気持ちよさが、彼女のなかでは入り混じっているのだろう。

もちろん、健太はそうした少女の姿を、あますところなく撮影していた。

「はああ……じゃあ、今度はこっちがサーブするわよ」

そう言って、朱乃がテニスボールを手にした。そして、ボールを投げあげて力強いサーブを放っただけで、彼女の表情が恍惚となる。

ただ、それからさらに何度かラリーをつづけているうちに、朱乃は顔を真っ赤にして息を切らすようになった。また、スコートから垣間見えるショーツにも、明らかに汗とは違うシミが広がっている。

しかし、このような状態にも拘わらず、ここまでまったくミスをしていないため、彼女はまだ服どころか靴すら脱いでいなかった。さすがに、これはいささか予想外と言うしかない。

おそらく、朱乃と美里の実力差がそれだけ大きい、ということなのだろう。

そんなことを健太が考えていると、朱乃がまたスマッシュを決め、恍惚とした表情を浮かべた。

「ふはああっ。はぁ、はぁ……ねえ、お願い。もう許してよぉ。このままじゃ、わたしぃ……」

プレーが途切れたところで、少女がこちらを向いて艶めかしく懇願してきた。

いくら負けん気が強くて勝ち気な気質の持ち主とはいえ、失点すれば脱衣、ボールを打ちかえせば快楽発生という状況は、さすがにこれ以上こらえられないらしい。

「ダメだよ。さあ、プレーをつづけるんだ」

カメラを構えたまま、健太は彼女の要望を却下した。

すると、朱乃は絶望したような表情を浮かべながらもコートに向き直る。

それから、美里がサーブを放つと、少女は素早く追いついてリターンした。

途端に、彼女は「ふあああっ」と声をあげ、動きをとめてしまう。

それでも、ボールがコート内にきちんと入るのはさすがと言うべきか。

ただ、コースが甘かったらしく、美里がボールを強く打ちかえした。

そこから何球かラリーがつづき、顔を真っ赤にした朱乃が相手の逆方向にボールを打った。いや、それは狙ったと言うより、もう快感で手元が狂っただけかもしれない。

逆を突かれた美里は、なんとか追いつこうとラケットを持つ手を伸ばしたが、コート内でバウンドしたボールは、そのわずか先を抜けていく。

「はあああっ！　もうダメぇぇぇぇぇ!!」

大声をあげるなり、朱乃がとうとうその場に崩れ落ちてしまった。どうやら、気持ちよさの限界に達したらしい。

健太は駆け寄ると、彼女はうつろな表情で虚空を見ていた。プレー中にエクスタシーを味わったため、放心してしまったのだろう。

さらに、少女がへたりこんだところには、小さな水たまりができていた。達したことで、潮でも吹いたのかもしれない。

「朱乃、どうしたの？」

と、美里が心配そうに駆け寄ってくる。

また、他の部員たちも怪訝そうな顔でこちらを見ている。

（しまった。朱乃ちゃんの格好は気にしないようにしていたけど、こういうことを気にしないようには命令してなかったっけ）

瞬時にそのことに気づいた健太は、いったん立ちあがった。

「ああ、朱乃ちゃんは体調がちょっと悪くなったみたいだから、南條さんは気にしないで他の子と練習をつづけてよ。他のみんなも、僕と朱乃ちゃんのことは気にせずに、副キャプテンの指示に従って練習をつづけること。朱乃ちゃんは、僕が部室に連れていくよ」

そう命令を出すと、たちまち美里を含む部員たちはこちらへの興味を失って、視線を散らしてしまう。

「それじゃあ、一年の……唯に相手をしてもらおうかな？　唯《ゆい》、コートに入って」

美里の指示で、ボール拾いをしていた女子の一人が、「はい」と応じてラケットを手にコートに入る。

その様子を横目で見ながら、健太はカメラをバッグにしまって背負い、朱乃をお姫様抱っこした。そうして、テニスコートのフェンスの外に出る。

少女はまだ放心状態で、健太に抱っこされているにもかかわらず、なすがままになっている。

そんな彼女の姿に、健太は激しい情欲を覚えずにはいられなかった。

5 発情夢中

グラウンドなど外で競技をする運動部の部室棟は、校舎からやや離れて建っており、テニスコートが棟に一番近い場所にある。したがって、健太が朱乃をお姫様抱っこしている時間はわずかで、この姿を他の部の人間に見られる心配はほぼない。テニス部の部屋の前に来ると、健太は少女を抱えたままなんとか手を動かしてドアを開けた。

もちろん、男子禁制の女子テニス部の部室に入ることに、緊張を覚えないと言ったら嘘になる。とはいえ、ここまで来たら開き直るしかあるまい。

少年は、思いきって部室に足を踏み入れた。

もちろん、今は部員全員が出払っているので、部室内は無人である。しかし、女の子の園にはなんとも言えない甘い匂いが、うっすらと立ちこめていた。

それに、室内は一応片付いているものの、女子しか入らない安心感もあるのか、部屋の隅にはファッション雑誌や漫画本が無造作に転がっている。また、洗濯でもしたらしくハンガーにシャツや下着が干されている。

その光景に目を奪われそうになりながらも、健太はなんとか気持ちを抑えて抱っこした少女を床におろした。

「朱乃ちゃん、大丈夫？」

「ああ……変なのぉ。身体が熱くて、胸が苦しくて、すごく切ない気分なのぉ」

健太の質問に対し、少女がうつろな表情のまま応じる。

どうやら、まだ絶頂の余韻に浸っているらしい。

その色っぽい姿に、どうにも我慢ができなくなって、健太は彼女の後ろにまわりこんでポロシャツの上からふくらみに手を這わせた。

途端に、朱乃が「ああん」と甘い声をあげる。しかし、抵抗する素振りはまったく見せない。いつもの彼女なら、こうして胸に触ったが最後、激怒して殴ったり蹴ったりしてきたはずだ。そうしないだけでも、今の少女が正常な精神状態ではないことがわかる。

健太は指に力をこめて、ポロシャツ越しにふくらみを揉んでみた。

「んああ……あううっ……」

指の動きに合わせ、朱乃がなんとも切なげな声をもらす。

すでに、先ほど彼女の胸は目にしているが、こうして自分の手で触っているとブラジャーのカップを挟んでいても、激しく興奮できる。

「ふああ……そうされると、ますます切なくなるのぉ」

愛撫をつづけていると、朱乃が艶めかしくも不満げな声をあげた。

「じゃあ、じかにオッパイ揉んでもいい？」

そう聞くと、少女がコクンと首を縦に振る。

彼女の意識は、支配モードの影響を排したままだ。したがって、これは命令による強制などではなく、朱乃自身の意思である。

そこで、健太は思いきってポロシャツをたくしあげると、スポーツブラをあらわにした。そうして、ブラジャーの内側に手を滑りこませながら、ふくらみを露出させる。

「ひあああん！　オッパイ、気持ちいいよぉ！」

少年の手が直接胸に触れるなり、朱乃がますます甲高い声をあげた。

（これが、朱乃ちゃんの生オッパイの感触……すごく手触りがよくて、柔らかいけど弾力があって、最高だ！）

健太は、ようやくじかに触れた少女のふくらみの感触に酔いしれていた。

朱乃のバストは大きすぎず小さすぎず、肌のきめ細かさも手伝って少年の手にピッタリとフィットする。しかも、張りがあって、指に力を入れると絶妙な弾力が感じられた。このバランスのよさは、真巳子にも紫乃にもないものと言える。

健太はその手触りを堪能しようと、夢中になって少女の胸を揉みしだきだした。

「あふうっ！　あんっ、オッパイ、ああっ、ジンジンしてぇ！　ふああっ、あんっ、ああっ……！」

手の動きに合わせ、朱乃が甘い声で喘ぐ。

そうしているうちに、健太は手のひらで感じていた突起の存在感がいちだんと増してきたことに気づいた。

（乳首が、すごく勃ってる）

そう悟った健太は、ふくらみの先端にある二つの突起を同時につまんでみた。

「はひぃいぃぃいぃぃいぃん！　ビリビリするううぅぅぅ！」

たちまち、少女が大きくのけ反って甲高い声をあげる。

（朱乃ちゃんの声、ちょっと大きすぎるな）

乳首を弄りながら、健太はそんなことを思っていた。

教室で与えた「大声を出せなくなる」という命令は、部活のときに支障がありそうだったので解除してあった。そのせいで、今の彼女は快感に溺れ、本能の赴くままに声を張りあげているのである。

ただ、この調子ではテニスコートどころかグラウンドまで声が聞こえてしまいそうだ。テニス部はすでに全員支配しているので問題ないものの、他の部活の人間に聞かれては面倒なことになるだろう。

「朱乃ちゃんは、また大きな声が出せなくなるよ」

「ひゃうう……あああっ……あんっ、あああん……！」

指示を出すなり、朱乃の声が急激に小さくなった。

いちいちカメラを手にしなくても、「身体は僕の指示に従う」という命令さえ与えておけば、これくらいは簡単にできる。そのことは、すでに学習ずみだ。

「朱乃ちゃん、気持ちいい？」

愛撫しながら、健太は少女に問いかけた。

「はあっ、うん、ああっ、うんっ。あふうっ、すごく、あんっ、いいのぉ！　ああっ、さっきのオナニーよりぃ……あふっ、感じてぇ！　ああんっ、こんなの、はうんっ、初めてぇ！」

と、朱乃が喘ぎながら正直に答える。

もはや、彼女が快楽の虜になっているのはこの言動からも明らかだ。

健太は、いったん乳首から指を離すと、またふくらみ全体をやわやわと揉みしだいた。そして、また頃合いを見て乳首をつまみあげる、ということを繰りかえす。

「はあっ、ああっ、それっ、あうっ……！　ひゃううっ、敏感っ、ふみゃあっ！　あううっ、あんっ、きゃふうっ……！」

刺激の変化を受けとめきれていないらしく、朱乃が激しく喘ぐ。

しばらくそうしていると、少女が内股を擦りつけるようにモジモジさせはじめた。

それがなにを意味しているのかは、すぐに想像がつく。

健太は、いったん胸から手を離した。そして、彼女の身体を床に横たえると、下半身へと移動しようとする。

（あっ。そういえば、朱乃ちゃんとまだキスをしてなかったな）

少女の顔を見たとき、健太はその事実を思い出した。

魅力的なバストを愛撫するのに夢中になって、ついつい大切なことを忘れていたのである。

健太は、朱乃の身体に覆い被さるようにして、顔を近づけた。

少女のほうは、ここまでの快感ですっかり思考が停止しているのか、目を閉じて荒い息を吐いているだけである。ただ、その様子がまるでキスをねだっているようにも思えてならない。

健太は、そのまま吸い寄せられるように唇を重ねていた。

唇同士が重なった瞬間、朱乃が「んんっ」と小さな声をもらした。だが、特に抵抗はせずに少年の行動を受け入れてくれる。

（やった！　ついに、朱乃ちゃんとキスができたぞ！）

この瞬間を、いったいどれほど夢想したことだろうか。

ひとしきり唇を重ねてから、健太はいったん顔を離した。

「ふはっ。朱乃ちゃん、今までに男とキスしたことある？」

「はあ……ふああ……ないわよぉ。すごく小さい頃、父さんとはしてたけどぉ……」

少年の問いかけに、朱乃が間延びした声で応じる。

予想はしていたが、やはり彼女にとってこれが肉親以外の異性とのファーストキスだったようである。もちろん、小さい頃の父親とのキスなど西洋風の挨拶みたいなものなので、カウントに入れる必要もあるまい。

健太は、あらためて彼女に唇を重ねた。そうして、片方の乳房を揉み出す。

「んんっ……んっ、んじゅぷ……！」

朱乃が、くぐもった声をもらしながら身悶えする。おそらく、相当に感じているのだろう。

さらに健太は、そのまま手をさげてスコートをめくると、ショーツ越しに秘部に触れてみた。

テニスコートでの状況から想像はついていたが、彼女の下着は全体がおもらしをしたようにグッショリ濡れていた。そして、布地越しに秘部に触れると、新たに割れ目から出た熱い蜜が指に絡みついてくる。

健太は、ショーツの上から筋に沿って指を動かしてみた。

「んんんっ！　ふはあっ！　ああっ、それぇ！　はううっ、ダメぇぇ！　あふうっ、敏感っ、ひうっ、なのぉ！」

唇を振り払って、朱乃が喘ぎながら懸命に訴える。

しかし、軽く弄っただけで割れ目から蜜がいちだんと溢れてきたのは、指の感触ではっきりとわかった。

それを指で感じていると、あらためて欲望がこみあげてくる。

健太は、いったん身体を起こすと、今度こそ彼女の下半身に移動した。

そうして、少女の足の間に顔を入れ、グッショリ濡れたショーツをかき分けて秘部をあらわにする。

すでに、教室での自慰のときに見ていたが、朱乃の恥部は紫乃のように無毛ではなかった。だが、デルタ地帯の毛の量は意外に少なく、実際の年齢よりも幼く見える。

おそらく、この部分だけを写真に撮って人に見せて、何歳の人間の秘部を撮影したかを答えさせたら、大半の人間が彼女の実年齢よりも下に答えるに違いあるまい。

とはいえ、いつも少し生意気な態度の少女の秘部が、実はこのように可愛らしいというギャップが、なかなかそそられるのも間違いない。

健太は、そのまま割れ目に舌を這わせた。

「ひあああっ！　し、舌ぁぁぁ！」

少年が秘部を舐めた瞬間、朱乃がそんな声をあげておとがいを反らした。あらかじめ命令で声を抑えさせていなかったら、間違いなく部室の外まで聞こえるような大声を出していただろう。

「ピチャ、ピチャ……レロ、レロ……」

「ひゃあっ！　舌がっ、ああぁっ、指とぉ！　ふひゃあっ、違ってぇぇ！　ああっ、ほあああっ！　あひいいいっ……！」

舌を動かすたびに、少女は顔を左右に振って身体をよじらせた。おそらく、少しでも快感をいなそうとしているのだろう。

健太は、構わずに割れ目を指でひろげ、シェルピンクの肉襞をあらわにした。そして、そこをやや乱暴に舐めまわす。

「ひはあっ！　あああっ、あひいい！　あああっ……！」

ついに、朱乃は言葉を発する余裕もなくしたらしく、喘ぎ声をこぼすだけになってしまった。

健太は、いったん口を離して少女の顔を見た。

朱乃の目の焦点は合っておらず、意識が半ば飛んでいることが見て取れる。

それに、源泉からは粘度を増した蜜がとめどもなく溢れだしている。

（そろそろ、イキそうかな？　だったら、パンツを脱がしてクリトリスを舐めてあげよう）

そう考えた健太は、すっかり濡れたピンク色のショーツに手をかけ、それを脱がして少女の下半身をあらわにした。

そうして、少年が再び股間に顔を近づけようとしたとき。

「ふああ……ねえ、オチン×ン見せてぇ」

と、朱乃が口走った。

あまりに唐突だったため、健太は思わず「えっ⁉」と驚きの声をあげてしまった。

「オチン×ン……オチン×ン、見たいのぉ」

少女が、あらためてそう言う。どうやら、聞き間違いではなかったようだ。

「朱乃ちゃん、どうしちゃったの？」

さすがに、健太はそう問いかけていた。

こんなことを言い出すような命令はいっさい与えていないので、これは彼女の自発的な言葉である。しかし、どちらかと言えば男嫌いに近いイメージのある少女が、男性器を見たいと言い出したのは、まったくもって驚きと言うしかない。

「ふああ……わたしも、本当は男の子とかエッチなことに興味はあったのぉ。だけど、なんか恥ずかしかったし、ずっと男の子自体がちょっと怖くてぇ」

と、朱乃が甘ったるい声で言う。

なるほど、自制心が強く、自慰もほとんどしたことのなかった少女である。異性への興味はあっても、男性器について実際にネットで調べたりしたことなどなかったのだろう。

また、朱乃は以前から男子に冷たい印象があった。しかし、今の言葉から察するに、男嫌いというよりも単に異性との接し方がわからなかっただけのようである。

現在は激しく興奮しているため、理性よりも好奇心のほうが勝って、欲望を素直に口にできているのだろう。

「わかったよ。見せてあげる」

そう言って、健太はズボンとパンツを脱ぎ、限界まで勃起した分身をあらわにした。

「ウソ……そんなに大きく……」

勃起した肉棒を初めて見た少女が、身体を起こして目を丸くしながら言う。

「どう？　チ×ポを見た感想は？」

「ど、どうって……そんなのがお股にあって、邪魔じゃないの？」

少年の問いに、朱乃が困惑の表情を浮かべながら言う。

「ああ、いつもは小さいからね。こうなっているのは、朱乃ちゃんがすごくエッチで魅力的だからだよ」

　健太がそう答えると、少女はただでさえ赤かった顔をいちだんと真っ赤にした。

「ばっ……馬鹿！　そんな、恥ずかしいこと言わないでよ！」

　我ながら歯の浮くようなセリフだと思ったが、男慣れしていない朱乃に対しては、予想以上の効果があったらしい。

　健太は、そんな彼女の横に寝そべった。

「こっちにおいでよ。僕もオマ×コを舐めてあげるから、二人で舐めっこしよう」

　そう提案すると、朱乃は「う、うん」と意外なくらい素直にうなずいた。そして、少年の顔にまたがってくる。

　果たして、これは「身体は僕の指示に従う」という命令のせいなのか、あるいは彼女自身の意思なのだろうか？

　そうして四つん這いになった朱乃は、ペニスを興味深そうに見つめた。

「これが、オチン×ン……」

「軽く握ってみてよ」

　と健太がうながすと、少女は恐るおそる肉棒を握ってきた。

「うわぁ、すごい。こんなに熱くて、それに硬くて……」

一物に触れるなり、朱乃が妹の紫乃と似たような感想をもらす。

「それじゃあ、チ×ポに口をつけてみて」

「口を……うん、わかった」

健太のアドバイスに、少女は素直に応じてペニスの角度を調整した。そして、口を近づけていく。

朱乃は舌を出し、ついに亀頭の先端部にチロリと舌を這わせた。

その途端、性電気が発生して健太は思わず「くっ」と声をもらしてしまう。

「ひゃん！　ビクってしたぁ！」

少女が驚きの声をあげ、ペニスから顔を離す。

おっかなびっくりの行為が、逆に意外な快感をもたらしたために、限界まで勃起した分身が跳ねてしまったのである。

「驚かせちゃった？　だけど、それは気持ちよかったから動いたんだよ」

「そ、そうなの？　気持ち……よかったんだぁ」

と言って、こちらに目を向けた朱乃が表情を和らげた。

それから彼女は、再び舌を這わせてきた。

「レロ、レロ……んっ。ピチャ、ピチャ……」

動き自体はぎこちなかったものの、少女は熱心にペニスを舐めまわす。

性器に口をつけるという行為は、初めてのときは抵抗があるものの、いったんしてしまえばその気持ちが薄れるのは、健太も同じだったので理解できる。

「レロロ……んはっ。ペロ、ペロ……」

朱乃は亀頭をひとしきり舐めると、竿に舌を移動させた。そして、裏筋を丹念に舐めあげる。

行為のぎこちなさに反して、舐めるポイントはなかなか的確だと言わざるを得ない。

「くうっ。朱乃ちゃん、フェラのやり方を知っていたの？」

「ぷはあ……あ、あのね……したのは、もちろん初めてなんだけど、友達が持ってきた漫画とか雑誌の特集なんかで、こういうのを少し見たことあったから……」

健太の問いかけに、少女が恥ずかしそうに告白した。

彼女は異性をやや苦手としているものの、男嫌いだったわけではないので、やはりセックスには興味があったのだろう。そして、部室に雑誌や漫画が転がっている環境であれば、その手の情報に触れる機会があっても不思議ではない。

「も、もうっ。恥ずかしいことばっかり言わせないでよねっ。レロ、レロ……」

と、朱乃は自身の昂りをごまかすように、ペニスへの奉仕を再開した。

そうして、たっぷりと舐めあげると、今度は亀頭を口に含む。

「んんっ……んじゅぷ……んむ……んむ……」

少女は、やや苦しそうにしながら、小さなストロークをはじめた。

もちろん、その顔の動きは小さく、真巳子ほど行為が巧みなわけではない。しかし、あの朱乃がペニスを咥えているという事実だけで、充分な興奮材料になる。

（っと、こっちも忘れちゃいけないいな）

目の前に少女の濡れそぼった秘部があることを、健太は今さらのように思い出していた。そして、彼女のヒップをつかんで抱き寄せると、秘裂に舌を這わせる。

「んんんっ！　ふあああっ、それぇぇ！」

ペニスを口から出し、朱乃が甲高い声をあげる。

「朱乃ちゃん、つづけて。こうやって、お互いに気持ちよくするんだ」

そう言って、健太は割れ目を親指で割り開いて肉襞に舌を這わせた。

「ひゃううっ！　あんんんっ……んむうう……んぐ……んぐ……」

朱乃は、なんとかペニスを咥えこみ、顔を動かして再び刺激を送りこんでくる。

おそらく、こちらに快感を与えることで、自身にもたらされる性電気を少しでも緩和しようとしているのだろう。

（こっちも、負けていられないぞ）

そんな意地が湧いてきて、健太もよりいっそう秘部を激しく舐めまわした。

「じゅるる……くっ、レロロロ……ピチャ、ピチャ……」

「んぶぶ……ふああっ。チロロ……ペロ、ペロ……」

自分自身と朱乃が互いの性器を刺激し合う淫らな音が、テニス部の部室に響く。

(朱乃ちゃんとシックスナインをしているなんて、まるで夢でも見ているみたいだ)

ペニスからの快感と秘部の味を堪能しながら、健太はそんなことを思っていた。

なにしろ、彼女は健太が起こしてきたエロトラブルの最大の被害者であり、ついさっきまでほとんど殺意と言ってもいいくらいの敵意を向けてきていたのである。

そんな相手と、今はお互いの性器を愛撫し、性感を高め合っている。普通に考えたら、ご都合主義を通り越した超展開としか言いようがあるまい。

残念なのは、今はこの光景をカメラに収めることができない、という点だろうか。助手がいるか、せめて三脚とリモコンでも用意しておかないと、シックスナイン中に撮影するのは不可能だ。

(ううっ。さすがにそろそろ……)

健太は愛撫をつづけながら、腰に熱いモノがこみあげてくるのを感じて、心のなかで呻いていた。

さすがに、ここまでで充分すぎるくらいに昂っていたため、もう射精感を抑えきれそうにない。

(僕だけ先にイクのは、ちょっと情けないぞ。せめて、朱乃ちゃんも一緒にイカせな

いと）

そう考えた健太は、プックリとふくらんだ肉豆に狙いを定め、そこを集中的に舐めまわした。

「んじゅううっ！　んぶぶぶぶ……！」

ペニスを咥えこんだ朱乃が、くぐもった声をもらし、同時にその顔の動きが大きく乱れる。それだけ、強い快感を得たのだろう。

だが、そうして乱れた動きが、分身に思いがけない快感を与える。

（うおっ！　もう出る！）

先端まで一気に熱がこみあげてきて、健太は焦りながらクリトリスを舌で思いきり突っついた。

「ぷはああっ！　もうダメぇぇぇぇぇ！　わたしっ、飛んじゃうぅぅぅぅぅぅぅ!!」

ついに、朱乃が一物から口を離して大きくのけ反りながら叫んだ。

声を抑える命令を与えてなかったら、グラウンドまでこの声が届いていたかもしれない。

その瞬間、健太も限界に達して、彼女に向かって精を放っていた。

「はああっ、熱いのがぁ！　ひううううぅぅぅ！」

スペルマを顔から胸にかけて浴びながら、朱乃がさらに身体を大きく震わせる。

彼女の股間からは、健太が舐めきれないほど大量の蜜が溢れだし、口を伝って床まで流れていく。

やがて、射精が終わると朱乃が少年の上からどいて、床にペタンとへたりこんだ。

少女の顔は精液で汚れ、うつろな表情が浮んでいる。しかし、それがなんとも色っぽく魅力的に思えてならない。

健太は、ほとんど本能的にバッグからカメラを取り出していた。それから、ノーマルモードでシャッターを切って、放心した少女の姿を撮影していく。

そうしていると、健太の中に挿入への欲求がフツフツとこみあげてきた。

ところが、健太が口を開く前に朱乃がこちらに目を向けてきた。

「ふああ……わたし、これ……オチン×ンが欲しいのぉ」

と、少女が弱々しい声で訴える。

朱乃に対しては、もちろん心の支配は解いたままだし、発情モードも使用していない。したがって、これはカメラの効果ではなく、彼女自身の欲求だ。

そう悟ると激しく昂って、同時にこの少女にさせたいことも思いつく。

「それじゃあ、朱乃ちゃんの処女喪失記念写真はテニスコートで撮らせてもらうよ」

健太はそう言って、再び朱乃をお姫様抱っこで抱きあげた。

「朱乃ちゃんが一番好きな場所で、自分からまたがって初体験するんだ」

騎乗位ならカメラを構えたままエッチすることができる。なによりも、朱乃がテニスコートという場で自ら挿れてくれるというのは、征服欲が刺激されてやまない。

そんな少年の思いを知ってか知らずか、発情しきった朱乃は小さくうなずいた。

6 カメラの前で跨って

「それじゃあ、朱乃ちゃん、挿れてくれる？」

テニス部のみんなを部室に帰すと、健太はカメラを手にしてコートに寝そべった。

（わたし、神聖なテニスコートでなんてことをしようとしているんだろう？）

朱乃は、内心でそんな戸惑いをぬぐえなかった。

なにしろ、あれだけ嫌っていた服部健太のモノを、これから自分のなかに迎え入れようとしているのだ。我がことながら、信じられない気持ちになるのは当然だろう。

（これもきっと、あのカメラのせいよ！）

謎のカメラで身体を操られているから、愛撫で感じてシックスナインまでしてしまったのに違いない。また、こんなにも健太のペニスが欲しくなっているのも同じ理由で、自分自身が望んでしていることではない。

（そうでなきゃ、初めてエッチするところを写真に撮られそうなのに、こんなにドキドキするはずがないわ！）

朱乃は、そう考えていた。

「ちょっと、カメラをしまってよ！」

胸の高鳴りをごまかすため、少女はついキツイ口調で文句を口にした。

「イヤだよ。朱乃ちゃん、すごく綺麗だし、せっかく一生に一度の瞬間なんだから、記念にちゃんと撮っておかなきゃ」

案の定、健太はこちらの訴えをあっさり却下する。

「もうっ。好きにすればいいわ！」

朱乃はそう突っ張るように言って、そっぽを向いていた。

ただ、おかげでますます心臓の鼓動が速まってしまう。

（そうよ。わたし、こいつに初めてをあげようとしているんだ……）

今さらのように、そのことを強く意識せずにはいられない。

だが、彼に処女を捧げることに対して、自分でも意外なくらい抵抗感が湧いてこなかった。

そもそも、健太を求めたのはこちらのほうなのである。

（わたし、本当はエッチなことに興味があって……だけど、勇気がなかったからオナニーも、男の子と自然に話すことも、思うようにできなかった）

そうした思いは、カメラの支配など関係なく、ずっと前から抱いていたことだった。

今は、これまで表に出せなかった欲望が、どうにも抑えようのない奔流となって心の大半を支配している。だからこそ、「オチン×ンを見たい」とか「オチン×ンが欲しい」といった、いつもなら絶対に言えないことも口にできたのだろう。

その牝の本能が、健太のたくましいペニスを求めてやまなかった。

(もう我慢できない。痛くても、服部のオチン×ンが欲しくてたまらないの！)

そんな思いに支配され、朱乃はゆっくりと腰を沈めた。

すると、一物が秘裂を割り開いて入りこんでくる。

その姿を、健太はカメラのシャッターボタンを押して撮影していた。

レンズがこちらを向いていることを意識すると、なんとも言えない悦びが自然にこみあげてくる。

そして間もなく、侵入を遮るものの存在が感じられた。

(ここって、処女膜よね？　この先に進んだら、もうわたしは戻れなくなる)

そう思うと、腰を持ちあげたくなってしまう。しかし、本当にそうしたら少年に負けを認めるようで悔しい気持ちもある。

朱乃は意を決して、さらに腰をおろした。

途端に、筋繊維が裂けるような痛みが脊髄を伝って脳天を貫く。

「くあああああっ！　痛いいぃぃぃぃぃぃ！」

苦痛に満ちた声が、少女の口から反射的にこぼれ出た。

そして、痛みのあまり思わず腰を途中でとめてしまう。

「途中でとめないで、完全におろしちゃったほうが楽だよ」

シャッターを切りながら、健太がそう声をかけてくる。

「わ、わかってるわよっ」

思わず強がって言いながら、朱乃は痛みをこらえてさらに腰をおろした。

すると、剛棒が奥まで入って、少女の腰が彼の下半身に当たった。その瞬間、子宮から衝撃がもたらされて、「んあっ」と声をこぼしてしまう。

「あああ……奥まで届いてるぅ」

そうつぶやいて、朱乃はグッタリと少年に倒れこんだ。

健太は、「うわっ」と驚きの声をあげ、あわててカメラを横にどかす。

なるほど、確かにそのままではカメラを壊してしまいかねなかった。

そんなことを漠然と考えながら、朱乃は健太に抱きついていた。

「はあぁ、痛い……だけど、なんだかすごく満たされてぇ……」

ついつい、そんな言葉が口を衝いて出る。

「朱乃ちゃん、しばらくこうしていよう」

と、健太が優しい声で言う。

「くうっ。い、言われなくても、そのつもりよぉ」

痛みを我慢しながら、朱乃はなんとかそう応じていた。

こうして抱きついたのは、破瓜の痛みで上体を起こしているのがつらい、というのが最大の理由である。

ただ、この体勢なら写真を撮られなくてすむ、というのも大きかった。

もちろん、朱乃も昔は写真撮影をそれほど嫌がっていなかった。だが、高校生になる少し前から、「撮られたくない」という意識が強くなったのである。もっとも、そのおかげで盗撮の類を敏感に見抜けたのだから、決して悪いことではないとは思うが。

(あれ？　そういえば、どうしてこんなふうに思うようになったんだっけ？)

股間からの痛みに苛まれながら、朱乃はそんな疑問を抱いていた。

自分が写真撮影を嫌うようになった原因が、どうしても思い出せない。

そうして、しばらくジッとしていると、だんだんと結合部からもどかしさに似た感覚が湧きあがってきた。

どうにも落ち着かなくなり、朱乃は少年に抱きついたまま、半ば無意識に腰を動かしだした。

「んあっ、ふああん……」

すると、痛みに混じってなんとも言いようのない心地よさがもたらされて、自分でも信じられないような甘い声が口からこぼれ出る。

「朱乃ちゃん、自分で腰を動かして……もう、痛くなくなったの？」

と、健太が耳もとでささやくように言う。

「ふあぁ……わかんない。んんっ……けど、これくらいならぁ……はふっ、平気ぃ」

そう応じると、自分が誰となにをしているのかを、あらためて強く思い知らされる気がした。

（わたし、服部とエッチしてる……初めてをあげちゃって、痛いのにだんだん気持ちよくなって……なんだか、信じられない）

正直、健太に対しては「好意」と呼べるものなど、まったく感じていなかった。

もしも、「好きか嫌いか？」と問われれば、迷うことなく「嫌い」と答えるだろう。

それは、彼が起こすエロトラブルの最大の被害者だ、ということが大きな要因ではある。ただ、それ以上に彼がいつもカメラを持ち歩いていることへの、どうしようもない嫌悪感があった。

写真を撮られるのが嫌いな人間にとっては、写真部の少年は天敵のような存在と言ってもよかったのである。

しかし今、そんな相手と一つになっている。そのことが、我ながらいまだに信じられない気持ちだ。

そのとき、いきなり結合部から子宮を突きあげられる感覚がもたらされた。

「ふあっ！　な、なに？」

思考を遮られて、つい疑問の声をあげてから、少年が腰を動かしはじめたのだと気づく。

「あうっ。やんっ、動かないでぇ」

「なんで？　これくらいなら、痛くないでしょ？」

と、健太がすっとぼけたことを言った。

「あんっ、そうだけど……んっ、だからぁ、はううっ、動いちゃダメ……ああっ、なのぉ」

朱乃は、我知らずなんとも甘い声でそう口走っていた。

このまま気持ちよくなったら、今までの人生で築きあげてきた自分の価値観が根底から覆されてしまう。

そんな漠然とした不安が、少女のなかに生じていた。

すると、少年が下から朱乃の身体を押しあげた。そして、身体を支えるように両胸をわしづかみにする。

「あううっ。それはぁ……」

「オッパイも揉んであげるよ。もっといっぱい、気持ちよくなって」

そう言って、健太が乳房を揉みしだきだす。

すると、今度は上半身から快電流が発生した。

「ふはああっ！　あんっ、それぇ！　ひゃうっ、オッパイ、ああんっ、そんな……はううっ、気持ちいいのぉ！　あふううっ……！」

そんな喘ぎ声をもらしながら、朱乃はいつしか自ら腰を動かしはじめていた。

最初はくねらせるように、しかし次第に小さく上下に腰を振り、亀頭の先で子宮を突きあげられる心地よさも味わう。

「はっ、ああっ！　オッパイ、きゃうっ、オマ×コっ、あああっ、これぇ！　ひゃうっ、いいのぉ！　ああっ、あんっ、あんっ……！」

もたらされる快感に、朱乃はいつしかすっかり酔いしれていた。もはや破瓜の痛みも感じず、快電流だけが肉体を駆けめぐる。

「うう……朱乃ちゃん、すごくエッチで本当に綺麗だ」

健太が、バストを愛撫しながら、そんなことを言う。

「えっ？　んあっ、ウソ。んんっ、わたしぃ、あんっ、身体に、はうっ、ちっとも自信ないしぃ……」

「そうかな？　朱乃ちゃんってスタイルもいいし、とっても可愛いと思うよ」

「なっ……も、もう馬鹿！　変なこと言わないでよ！」

快感を味わいながらも、朱乃はつい声を荒らげていた。

つながったまま褒められると、さすがに猛烈に照れくさくなってしまう。とはいえ、こういうふうに言われて悪い気はしない。

そのとき、少女は自分が写真撮影を嫌っていた理由を、ようやく思い出した。

（ああ、そうだった。わたし、紫乃に身長を追い抜かれた頃から、なんだか自分の身体なんかに自信を持てなくなっちゃったんだ）

約三年前、朱乃の身長は百五十七センチで完全にとまってしまった。日本人女子の平均程度の背丈とはいえ、この体格ではアマチュアならともかく、プロテニスプレーヤーとしてやっていくにはいささか厳しい、と言わざるを得ない。

また、どんなに努力をしても、中学時代は県大会ベスト八が最高成績で、己の才能の限界を感じずにはいられなかった。

それでも、朱乃は諦めずに練習をつづけ、今年の夏はくじ運にも恵まれて、ようやく念願の全国大会に出場できたのである。

しかし、二回戦で敗れた対戦相手との実力差は、とても今後の努力で追いつけるものには思えなかった。

（テニスは大好き。けど、プロを目指すには体格面でも才能面でも力不足だわ）

そんな絶望感に囚われそうになったとき、義母の真巳子のおかげで心が折れずにすんだ。彼女がいなかったら、諦めてテニスを完全にやめていたかもしれない。

幸いと言うべきか、朱乃は四月から後輩の指導をしており、人にものを教えることに楽しさを感じていた。だから、真巳子のアドバイスもあって、選手に希望を与えられるような指導者になりたい、と最近は考えるようになっていた。

もちろん、来年も全国大会に出場して今夏以上の成績を収めたい、という気持ちは失っていないのだが。

一方、妹の紫乃は二歳近い年齢差がありながら、三年前には百六十センチ近くに成長し、現時点で百六十五センチまで大きくなった。

しかも昨年、彼女は全中大会に出場して、十位に食いこんだのである。

才能はあるのにプレッシャーに弱い、という欠点のため、なかなかあと一歩の伸びがなかった少女が、身長だけでなく競技の成績でも自分を超えた。そのことは、姉として誇らしいのと同時に、なんとも言えない悔しさも覚えずにはいられなかった。

それに、紫乃は顔立ちがやや幼く、新体操をしているために体型はスレンダーだが、長い手足は身内ながらも目を奪われるものがある。

現状、バストサイズでは妹をうわまわっているが、それは向こうが食事量を制限していることが大きい。その制約がなくなれば、胸が一気に成長する可能性はある。

顔立ちも、おそらく今の自分と同い年になればグッと大人びてくるだろうし、彼女はきっと魅力的な女性になるだろう。そうなれば、演技の艶も増し、もっといい成績を残せるようになるかもしれない。

なにより紫乃は、男子を含めて誰とでも仲よく話せた。

(それに比べて、わたしは……妹より背が小さいし、男の子を前にすると緊張してつい突っ張った態度を取っちゃうし、競技の成績だって……)

そうした自信のなさが、写真撮影を嫌うようになった大きな理由だったのである。

加えて、男子への苦手意識があったため、カメラを持って遠慮なく近づいてくる上にエロトラブルを巻き起こす少年には、特に強い嫌悪感を抱くようになったのだった。

だが、その相手から「綺麗」と褒められたことで、なんとも言えない悦びが胸にこみあげてくる。

朱乃がそんなことを思っていると、少年が愛撫の手をとめ、傍らのカメラをあらためて手にした。そうして、レンズをこちらに向けてシャッターを切りだす。

「あんっ。ちょっと、こんなところを撮らないでよ」

さすがに、かなり恥ずかしくて文句を言ってしまう。

「ヤダ。朱乃ちゃんのエッチな顔を、いっぱい撮りたいんだ」

「も、もうっ。だから、そういうことを真顔で言わないで。馬鹿っ」

と言いつつ、朱乃はそれ以上のことを口にする気にはならなかった。

もちろん、いつもの精神状態であれば、絶対にもっと強く撮影を拒んでいただろう。

だが、彼と一つになっている現状では、もう今さら恥ずかしがっても仕方がない、という開き直った心境だった。

(それに、どうせカメラの力で、服部の命令には逆らえないんだし……)

そう考えると、素直に彼のなすがままになる以外の選択肢など考えられない。

第一、今までに味わったことのない快感を得ているため、写真を撮られているからと言って、この行為をやめる気にならなかった。

朱乃は目を閉じると、先ほどより大きめの上下動をはじめた。

そうすると、子宮を突きあげられる感覚がもたらされて、なんとも気持ちよくなる。

「ああんっ！　はあっ、これぇ！　ふはっ、あっ、あっ……！」

予想以上の快感に、朱乃は自然に甲高い喘ぎ声をこぼしていた。

「朱乃ちゃん、すごく色っぽい！　それに、僕も気持ちいいよ！」

下から、シャッター音とともに健太のそんな声が聞こえてきた。

「ふあっ、そんなことっ、あんっ、言わないでよっ、はうっ、やんっ、恥ずかしいのにぃ！　あんっ、気持ちいいよぉぉ！　あふうっ、はああっ……！」

少年に褒められると、なぜか胸の奥に悦びがこみあげてくる。

（わたし、なんだか変だよぉ！　さっきまで写真を撮られるのがイヤだったのに、今は撮られていると思うと、ドキドキしてどんどん気持ちよくなっちゃう！）

そんな自分の感覚の変化が、我ながら信じられない。しかし同時に、おかしなことだとは思わない。むしろ、自分のなかで固く閉じていた扉が開いたような、清々しささえ感じている。

「あぁぁぁ！　すごいっ！　はうっ、これぇ！　あんっ、いいのぉ！　あっ、あんっ、あんっ……！」

青空の下、朱乃は、すっかり快感の虜になって、夢中に腰を動かしていた。

健太にずっと抱いていた嫌悪の気持ちや、謎のカメラの力で操られていることへの怒りなど、この快楽の前ではどうでもよく思える。むしろ、未知の体験をさせてくれている少年に感謝したいくらいだ。

「ううっ。僕も、もう我慢できないよ！」

そう言って、健太がカメラを傍らに置いて、再び腰を突きあげだす。

「ひゃふうう！　あっ、ひっ、しょれぇぇ！　ああーっ、しゅごいぃぃ！　はあっ、感じ……あひいっ、感じちゃうぅぅぅ！　ああっ、あああんっ……！」

快感が一気に増して、朱乃は甲高い声をあげていた。

声を抑える命令を受けていなかったら、きっとみんなのいる部室にまで聞こえるく

らいの大声が出ていたことだろう。

（いいっ！　これっ、オチン×ン奥まで来て、すごく気持ちいいよぉ！）

そのとろけるような快楽に、朱乃はドップリと浸かっていた。

特に、健太と動きをシンクロさせると快感が増大するため、いつの間にか彼の突きあげに合わせて腰を動かすようになっている。

ずっと、こうしてこの心地よさを味わっていられたら、どれほど幸せだろうか？

だが、夢のような時間は、そういつまでもつづくものではなかった。

「ああっ！　もうっ、もうイク！　わたしっ、またイッちゃうよぉぉ！」

先ほどより大きな快感の爆発が訪れる予感がして、朱乃はそう口走っていた。

「くっ、締まって……僕も、出そうだ！」

「ふあっ、それって？　ああっ、もうダメぇぇ！　んはあああぁぁぁぁぁぁぁん!!」

少年の言葉がなにを意味するのか、理解する間もなく快感が爆発して、朱乃は大きくのけ反っていた。

まったくもって、健太の命令で大声を出せないのが幸いした、と言うべきだろう。

そうでなければ、学校中にこの声が響き渡っていたかもしれない。

ほぼ同時に、健太が「ううっ」と呻いて腰の動きをとめる。

すると、熱い液が子宮に注ぎこまれるのが、はっきりと感じられた。

（ああっ、出てるぅ！　熱いの、わたしのなかにいっぱい出てるぅ！）

そうしてお腹のなかが満たされていくと、なんとも言えない幸福感が湧きあがってくる。

（すごい……わたし、今とっても幸せで……なんだか、今までと違う自分になれそうな気がする……）

朦朧とした頭でそんなことを思いながら、朱乃は健太にしっかり抱きついて、絶頂の余韻に浸っていた。

7　吹っきれて

日曜日、テニス部の練習試合があるということで、健太は悪魔のカメラを持って学校のテニスコートへとやって来た。

すでに、両校のテニス部員が揃い、ちょうどシングルスの二試合とダブルスの一試合が三面あるコートではじまったところである。

だが、朱乃はまだ出番ではないらしく、ジャージ姿のままコートの隅で柔軟体操をしている。

ひとまず健太は、カメラのダイヤルをノーマルモードにして、フェンスの外から試合の様子を撮影しはじめる。

するとそれに気づいたらしく、すぐに朱乃がこちらにやって来た。

「ちょっと、健太？　またそのカメラで、変なことをするつもりじゃないでしょうね？」

「朱乃ちゃん、ひどいなぁ。僕、いつもは真面目に撮影しているんだよ」

「ふんっ、どうだか」

と、朱乃がジト目でにらみつけてくる。

もっとも、彼女からは数日前の部室での記憶を消していないので、疑われるのも無理はないと思うが。

すると、少女が「あ、あのさ……」となにやら言いよどんだ。

「ん？　どうしたの？」

少年が首をかしげて聞くと、朱乃はビシッとこちらを指さして口を開いた。

「いい、健太？　わたし、次のシングルスに出るから、ちゃんと撮りなさいよ！　あっ、だけど、あとで写真を見せてもらうんだからっ。変な写真を撮っていたら、許さないわよ！」

顔を真っ赤にしながらそう言って、彼女はそそくさと離れていく。

（なんだ、今のは？）

健太は、試合の撮影も忘れて呆然としていた。

もちろん、こちらとしても主に朱乃の試合を撮りたくて来たのだから、もしも拒まれても悪魔のカメラの力を使って撮影を許可させるつもりだった。ところが、その前に向こうから撮影を求めてきたのである。これは、さすがに想定外と言うしかない。

そういえば、朱乃はこれまで少年のことを「服部くん」や「服部」と呼んでいたが、今は「健太」と名前を呼び捨てにした。

彼女が、相当にこちらを意識していることや距離感が変わったことが、この一点だけでもうかがい知ることができる。

（けど、とにかく朱乃ちゃん自身が撮影を許してくれたのは、こっちとしても願ったり叶ったりだよ）

間もなく、シングルスの一試合が終わり、ジャージを脱いでユニフォーム姿になった朱乃がコートに出てきた。

試合がはじまり、健太はカメラを構えた。そして、ノーマルモードでボールを追う少女の姿を撮影していく。

コートを駆ける彼女の表情は、いつ見ても惚れ惚れするくらい魅力的だった。

（あれ？　なんだか、前と少し違うような気が？）

液晶越しに少女を見ながら、健太は首をかしげていた。

　写真は撮れなかったものの、朱乃が試合をしている姿は過去に何度か目にしたことがある。その記憶と照らし合わせてみると、彼女のプレーが以前とはどことなく違っているように思えた。

　もちろん、健太は素人なので具体的なことはわからない。しかし、少女が生き生きと躍動する姿が、前にも増して輝いているように思える。

　ただ、それが自分の勘違いでないことは、他の部員たちの声に耳を傾ければ明らかだった。

「キャプテン、なんだかプレースタイルが攻撃的になったんじゃない？」

「うん。それもあるけど、ちょっと前まであんなに楽しそうにプレーをしていなかった気がする」

「朱乃って真面目だから、練習も試合もすごく真剣だったけど、そのぶん心に余裕がない感じだったんだよね。でも、急にそういう部分が治った気がするよ」

「そういえば、あれだけ嫌っていた服部とさっき話していたけど、プレーが変わったこととなんか関係あるのかなぁ？」

「もしかして、付き合いだしたとか？」

「まさかぁ。朱乃と服部に限って、それは絶対にあり得ないよ」

　少年が聞いていることを知ってか知らずか、部員たちは朱乃のプレーを見ながらそんな会話をしていた。

テニス部員たちは、健太が少女と関係した日のことを「キャプテンが体調不良で早退した」と思いこんでいる。写真部の少年がテニスコートに来ていたことすら、朱乃を除いて誰も覚えていないのだ。

それだけに、キャプテンの変化の原因について、まったく見当がつかないのだろう。

(けど、朱乃ちゃんのプレーが変わったのは、僕の勘違いじゃないんだな。ってことは、そのキッカケはやっぱり僕とエッチしたこと?)

どうしてそうなったのか、その点は健太にも理解できなかった。

ただ、彼女のなかでなにかが変わり、それがテニスのプレーに好影響を与えているのは間違いないらしい。

健太は、生き生きとプレーする少女の姿を記録に残すため、あらためてカメラを構えるのだった。

Ⅳ 若宮家丸ごと～母と姉妹を交互突き！

1 トリプル母娘フェラ

その日の昼前、健太は写真部の部室で待機していた。

間もなくドアがノックされて、少年が「どうぞ」と応じると、引き戸が開く。

そうして姿を見せたのは、競泳水着姿の真巳子、練習用のレオタード姿の紫乃、白い半袖のシャツにスコート姿の朱乃である。

「健太くん、こんにちは」

「健太先輩、来たよー」

真巳子と紫乃が、笑顔で言いながら部屋に入ってくる。

「まったく、まだ授業時間なのにこんな格好をさせて……この変態っ」

朱乃は、二人のあとにつづいて入ってきながら、そっぽを向いて文句を言う。だが、頬を染めて照れくさそうにしているその表情からは、言葉とは裏腹の感情がにじみ出ている気がした。

彼女の言う通り、今は四時間目の授業の真っ最中である。しかし、クラスメイトを支配してすっかり開き直った少年は、すでに全校集会などを利用して、全校生徒と全教職員を支配下に置いていた。

したがって、いつどこでなにをしようと誰に咎められることもなく、自分が授業をサボることも、人をサボらせることも自由自在なのである。

また、すでに若宮義親子とは何度か関係を持ち、異なる魅力を持つ各々の肉体を堪能していた。ただし、三人まとめてというのは、今回が初めてのことである。

ちなみに、真巳子と紫乃には初体験のことを思い出す命令も与えたが、カメラの力もあって二人はその事実もすんなりと受け入れてくれた。

もちろん、朱乃の心の支配は解いたままにしている。

義母と妹が、健太の支配を受けていたのみならず、すでに肉体関係まで持っていたことに、彼女も最初はショックを受けた様子だった。

だが、すでに悪魔のカメラの力を身を以て知り、自身も少年と関係を持っているため、少女はすぐに諦めたように状況を受け入れたのである。

「それじゃあ、さっそく写真を撮ろうか」

健太は、そう言って悪魔のカメラを構えた。もちろん、今はノーマルモードにしてある。

するとﾞ、真巳子を中心にして朱乃と紫乃が両側に立った。義理とは言え、親子らしい構図と言える。これで服装がまともなら、普通に義母子の記念写真にも見える。

何枚か撮影してから、健太はいったんカメラをおろした。

「それじゃあ、朱乃ちゃんと紫乃ちゃんで真巳子先生のオッパイを揉んでみよう」

健太の指示に、紫乃が「はーい」と応じる。

朱乃は、「ええっ⁉」と驚きの声をあげたが、その肉体は健太の指示に従う命令を受けているため、意思に反して勝手に動き出した。

「ちょっ……こんな……ダメぇ！」

と言いつつ、少女の手が真巳子のふくよかなふくらみをムンズとつかむ。

「あんっ。朱乃ちゃん……」

「ゴメン、義母さん。けど、あいつの命令には逆らえなくて……」

「あら、謝ることなんてないのよ。いっぱい触って、揉んでちょうだい」

朱乃に対して、真巳子がそう言って微笑む。

今の女教師は、健太の命令に従うのは当然という認識なので、義娘たちに胸を揉まれることになんの疑問も抱いていないのである。

さらに、紫乃も水着越しに義母の乳房をつかみ、遠慮なく揉みだした。

「あふっ、紫乃ちゃんも。んんっ、いいわぁ」

と、真巳子が甘い声をもらす。

「お義母さんのオッパイ、すごくおっきくていいなぁ。けど、これに似た手触り、なんとなく知っている気はするよ」

胸を揉みながら、紫乃がそんなことを言う。

彼女には、すでに初体験の記憶を「とても嬉しいこと」として思い出させていた。しかし、豊乳化モードで一時的に巨乳になり、母乳まで噴き出したことは忘れたままにしてある。あのことを思い出させると、今後も豊乳化を求められつづけかねない。ただ、肉体に大きな影響を与えるモードだけに、頻繁な使用によって悪影響が出る危険性を鑑みると、なるべく使わないほうがいいだろう。

それでも、どうやら紫乃は胸が大きくなったときに自分で触った乳房の感触を、なんとなく覚えていたらしい。

「あんっ、はうっ。二人に、ああっ、オッパイ揉まれてぇ……んはっ、気持ちいいわぁ。ああっ、あんっ……！」

義娘たちに愛撫されて、真巳子がなんとも艶めかしい声をあげる。

その色っぽい姿を、健太は夢中になって撮影した。

しかし、女教師ばかり気持ちよくさせても仕方があるまい。

そう考えた健太は、いったんシャッターを切る手をとめて三人を見た。

「じゃあ、今度は真巳子先生と朱乃ちゃんで、紫乃ちゃんを愛撫してあげよう。紫乃ちゃんの色っぽい表情を撮りたいから、二人でしっかり感じさせてあげるんだ」

「えっ？　今度はあたしの番なの？　わーい、やったぁ」

と、紫乃は無邪気な笑みを浮かべながら言う。

「はぁ～。もっとしてもらいたかったんだけど、この状況では仕方がないわね」

快感の注入をとめられた真巳子は、やや不服そうな表情を浮かべながらも、諦めたような言葉を発する。

個人としては、心ゆくまで快楽に浸りたかったのだろう。しかし、義理とはいえ母親である以上、義娘たちのことを優先しようと思ったのに違いあるまい。

「うう、義母さんだけじゃなく、紫乃にまで……本当に変態なんだからっ」

朱乃は、真巳子の胸から手を離して、少年をにらみつけてくる。しかし、その口調とは裏腹に、彼女の目からは「どうしてわたしが先じゃないの？」と言いたげな不満が見て取れる。

レオタード姿の少女がその場にしゃがみこむと、朱乃は背後にまわりこんだ。そして、妹のなだらかな胸に手を這わせる。

「んああ……お姉ちゃんの手、オッパイにぃ」

レオタード越しに乳房を触られただけで、紫乃が甘い声をあげる。

「上は朱乃ちゃんに任せるから、わたしはこっちをしてあげるわね」

と、水着姿の女教師が紫乃の股間に指を這わせた。そして、レオタードの上から股間の中心に指を這わせる。

「はううっ！　お義母さんの指ぃぃ！」

下から刺激を受けた少女が、おとがいを反らして甲高い声をあげる。

それを見た朱乃が、両手で妹の胸をやわやわと揉みしだきはじめた。

「はうっ！　ああっ！　これぇ！　あんっ、オッパイとっ、あふうっ、オマ×コっ、きゃひいっ、気持ちいいよぉ！　ああっ、ああんっ……！」

たちまち紫乃が、サイドテールを揺らしながら可愛らしい声で喘ぎだした。

（いつもは、ちょっと子供っぽく見えるけど、エッチな表情をしているときの紫乃ちゃんって、なんかこう不思議な魅力があるんだよなぁ）

写真を撮りながら、健太はそんなことを思っていた。

身長が百六十五センチあるとはいえ、顔立ちが年齢より幼く見えるため、喘いでいる彼女の顔だけ見ているとそこはかとない背徳感がこみあげてくる。

しかし、すでに男を知ってエクスタシーまで経験している少女が見せる表情のなかには、妙に大人びた雰囲気が垣間見える。それが、なんとも言えない絶妙な色気をかもしだしている気がしてならなかった。

この表情を間近で撮影できることが、今でも夢のように思えてならない。ましてや、彼女は姉と義母に愛撫されて感じているのだ。

そんなことを思いながら、年下の少女の淫らな姿を夢中になって撮影していく。

ひとしきり撮ると、少年は新たな指示を出すことにした。

「さあ、最後は朱乃ちゃんだよ。紫乃ちゃんと真巳子先生で、朱乃ちゃんをしっかり感じさせてあげるんだ」

「ああ、やっぱりそうなるんだ……」

と、朱乃が諦めたように言って愛撫をやめ、その場にペタンと座りこむ。

「ふああ……今度はぁ、あたしがお姉ちゃんにする番なんだぁ」

「朱乃ちゃんも、いっぱい感じさせてあげるわねぇ」

つい今し方まで愛撫を受けて頬を紅潮させた紫乃と、目を潤ませた真巳子が、そんなことを言いながら純白のテニスウエア姿の少女に近づく。

そして、まずは紫乃がスコートをめくりあげて、姉の秘部に指を這わせた。

「あうっ！　紫乃、そこは……ひゃふうっ！」

妹の指がショーツ越しに這うのに合わせ、朱乃がのけ反って喘ぐ。

すると、真巳子が少女の身体を床に横たえ、シャツをめくりあげてブラジャーをあらわにした。それから、ブラジャーの内側に手を滑りこませながら、首筋を舐めだす。

「はううっ！　それっ、ああっ、やあっ！　義母さんっ、ああっ、紫乃っ、ひゃううっ、こんなっ、ひぐうっ、やめてぇ！　あひいっ、あああ……！」

喘ぎながら、朱乃が涙目になって訴える。

「レロレロ……どうして？　朱乃ちゃんの感じる姿、とっても綺麗じゃないの。健太くんも、すごく興奮しているわよ」

と、真巳子が不思議そうに言う。

「あんっ。そ、それがイヤなの……んくっ、恥ずかしくてぇ……」

「ふーん。ああ、そっか。お姉ちゃん、好きな人にエッチな顔を見られたくないんだ？」

今度は、紫乃がからかうように言う。

「なっ……なに言ってんの、紫乃？　わたしが、健太のことを好きなわけないでしょ！　今だって、こんなことさせられて……」

やけにワタワタして、朱乃が顔をいちだんと紅潮させながら妹の指摘に反論する。

（はて？　なんなんだ、この反応は？）

シャッターを切りながら、健太は内心で首をかしげていた。

このところ、朱乃は関係を求めると嫌がる口ぶりの割に、やけに積極的にフェラチオなどをしたり、本番行為もすんなり受け入れてくれていた。特に、真巳子と紫乃と肉体関係を持ったことをはっきり教えてから、その傾向が強まった気がする。

(もしかして、嫉妬……しているのかな?)

とも思ったが、どうもよくわからない。

もちろん、悪魔のカメラの支配下にある以上、命令で朱乃の本音を聞き出すのは容易である。だが、それはやりたくないと健太は思っていた。

「まったく……仕方ないなぁ、お姉ちゃんは」

「そうねぇ。朱乃ちゃんも、もっと自分の気持ちに素直にならなきゃダメよ」

紫乃と真巳子がそんなことを言って、愛撫を再開する。

「あっ、ああっ、自分の気持ち……あううっ、知らない! はうっ、そんな……あああんっ、わかんないぃぃぃ! あああっ……!」

あらためてもたらされた快感に喘ぎながら、朱乃がそんなことを言う。

すると、紫乃が姉のアンスコとショーツを脱がせた。そして、足の間に入りこんで舌を這わせる。

さらに、真巳子もブラジャーをたくしあげて、義娘の乳首に吸いつく。

「ひゃううん! それはっ……きゃひいいっ、やめっ……ひああっ! かっ、感じすぎっ……ひぐううっ！　あああっ、ひいいいいっ……！」

よほど強い快感を得ているのか、朱乃は顔を左右に振りながら悲鳴のような喘ぎ声をこぼした。

この声は、おそらく廊下に響き渡り、一部の教室まで届いていることだろう。もしも学校全体を支配下に置いていなかったら、声を聞きつけた教職員が部室に駆けつけていたに違いあるまい。

健太は、そうして激しく喘ぐ朱乃の姿に興奮を覚え、夢中になってシャッターを切った。

「うわあ。オマ×コ、すごく濡れてきたぁ。お姉ちゃんって、もしかしてすごく敏感なの？」

「あんっ、そんなことない……ふあああっ、やめてぇ……あああっ、健太のせいっ、ふあっ、こんな……健太のせいよぉ！　あああっ、ひゃううっ……！」

妹の指摘に、朱乃が喘ぎながら言いわけをする。

確かに、関係を持つまで自慰すらろくにしたことのなかった少女の性感を開発したのは健太である。ただ、愛撫で大量の蜜が溢れるほど感じるようになったのは、彼女自身の特性ではないだろうか？

「ふああ……健太くんのオチン×ン、すごく大きくなっているの、ここからでもわかるわぁ。写真を撮りながら、興奮しているのねぇ？」

朱乃の乳首から口を離した真巳子が、こちらを見てそんなことを言った。

実際、健太の分身はズボンのなかで体積を増し、すでに苦しいくらいになっていた。ここまでは撮影を優先していたが、できればそろそろ一発抜いておきたい、という気持ちも湧いてきている。

「えっと……それじゃあ今度は、みんなでフェラチオをしてよ」

そう指示を出すと、紫乃も姉の股間から口を離して少年に目を向けた。

「オチン×ン、舐めさせてくれるの？　やったぁ！」

と、年下の少女が嬉しそうに言う。

「ふああ……また、わたしにそんなことを……」

快感をとめられた朱乃は、いささか不満そうな表情を浮かべながらも、ノロノロと身体を起こした。

「ふふっ。トリプルフェラをするなんて、わたしも初めてだわ」

真巳子が笑みを浮かべながらそう言って、少年の正面にやってくる。そして、その両脇に朱乃と紫乃が陣取る。

それから三人は、手に手にズボンのベルトを外し、ホックを外してファスナーを開けてズボンを床に落とした。

さらに若宮義親子はパンツも脱がして、少年の下半身をあらわにした。

「ああ、健太くんのオチ×ポ、やっぱりすごく大きいわぁ」

「ホント。こんなにおっきいのがあたしのなかに入るなんて、まだ信じられないや」

「ううっ。こ、こんなの舐めたくないけど……命令だから、するだけなんだからっ」

そんなことを言いながら、三人が勃起に顔を近づけていく。

健太はシャッターを切りながら、その瞬間を待ち構えていた。

そして、ついに若宮義親子の舌が、いっせいに少年の分身の先端に這った。

「くうっ。気持ちいい！」

三枚の舌で亀頭を舐められた瞬間、健太は思わず呻き声をあげていた。おかげで、カメラを持つ手が震えてしまう。

「ピチャ、ピチャ……」

「レロレロ……チロロ……」

「んっ。ペロ、ペロ……」

紫乃と真巳子と朱乃は、すぐに音を立てながらペニスを舐めまわしはじめた。

（うおっ。この舌使い……ああ、なんかすごくいいぞ）

健太は、写真を撮るのも忘れて快感に酔いしれていた。

もちろん、トリプルフェラ自体は他の女の子たちにもさせたことがある。だが、あの若宮義親子にしてもらうというのは、やはり格別な気がしてならない。

ましてや、経験豊富な人妻が中央に陣取って奉仕をし、両脇からは健太以外の男を知らない美少女姉妹が、まだどことなくぎこちなさの残る舌使いで舐めてきているのだ。その舌使いのギャップが、さらなる興奮をあおってやまない。

「んふっ。オチ×ポ、ビクビクしてるわぁ」

「ふああ、ホントだぁ。先輩、気持ちいいんだね？」

「んもうっ。こんなのが気持ちいいなんて、心底エッチなんだからっ」

そんなことを言いながら、若宮義親子はさらに奉仕をつづけた。

特に朱乃は、口ぶりとは裏腹にずいぶんと積極的に舌を這わせてくる。その態度は、まるで義母と妹に負けまいとしているかのようだ。

すると、真巳子がいったん舌を離した。

「二人とも、ちょっとオチ×ポを持ちあげるから」

そう声をかけて、女教師がペニスの角度を変えて、裏筋を舐めはじめた。

「レロロ……チロロロ……」

「あんっ。お義母さんってばぁ。チロ、チロ……」

「裏筋って、感じるのよね？　まったくもう……レロ、レロ……」

そんなことを言いながら、紫乃と朱乃も再び亀頭を舐めだす。

「くううっ。さ、三人とも、すごい！」

ついついい、健太はそんな言葉を口にしていた。

真巳子はもちろんだが、朱乃と紫乃の舌の動きも明らかに先ほどまでよりスムーズになっていた。そのため、トリプルフェラの快感がいちだんと増した気がする。おそらく、二人とも真巳子の舌使いを見て学習したのだろう。

もともと、彼女たちは優れた運動神経の持ち主である。お手本があれば、行為の修正をするのも早いようだ。

健太は、快感に夢中になりかけたものの、手にカメラを持っていることを思い出して、どうにかレンズを三人に向けるとシャッターを切った。とはいえ、もはや液晶画面を確認している余裕はないので、あとで再生してみないとまともな写真になっているかはわからない。

間もなく、健太は熱いモノが先端にこみあげてくるのを感じるようになった。

「レロロ……ふはっ。お汁、出てきたぁ。チロッ」

と、紫乃が嬉しそうに先端を刺激しながらカウパー氏腺液を舐める。

「あんっ。紫乃ったら。ペロ、ペロ……」

朱乃もすぐに先走り汁を舐めだし、姉妹がほとんど舌を絡め合うような形で縦割れの唇に刺激を与えてきた。

おまけに、真巳子に陰嚢から裏筋にかけてを舐められていることもあり、自分でも驚くくらい呆気なく、限界の予感が訪れる。

「くうっ！　もう出る！」

「んはあ。それじゃあ、最後はみんなで先っぽを舐めましょう」

少年の訴えを聞いた真巳子が、そう言ってまたペニスの角度を変えた。すると、二人の義娘も義母の行動に従う。

そうして、三人は頬を寄せ合い、舌をくっつけるようにして尿道口近くを舐めまわしはじめた。

そのあまりに鮮烈な快感に、健太は「あうっ」と呻きながらも、なんとかシャッターを切った。

果たして、これでまともに撮れているのか自信はないが、きちんと撮影できていたら、家宝級の写真になりそうな気がする。

そんなことを思った途端、健太は限界に達して、スペルマを発射していた。

「はうう！　熱いの、出たぁ！」

「ああーん！　すごいのぉ！」

「ひゃううん！　臭いの、いっぱぁぁい！」

真巳子と紫乃と朱乃が、それぞれにそんな声をあげながら、白濁のシャワーを嬉しそうに顔面に浴びる。

魅力の異なる美貌の持ち主たちの顔が、自身の放った白い液体で汚れていく。

その姿をシャッターに収めていると、健太は射精しているというのに、ますます興奮が高まってくるのを抑えられなかった。

2 お尻並べ味比べ

「はううん、身体がうずいてぇ……健太くん、オチ×ポちょうだぁい」

「ああん、お義母さんズルイよ。健太先輩、あたしもチン×ンが欲しくてたまんないのぉ」

射精が終わるなり、精を顔に付着させたまま、真巳子と紫乃が訴えてきた。

どうやら、二人ともすっかり官能に火がついてしまったらしい。もっとも、彼女たちの昂り具合は、水着とレオタードの股間部分がしっとりと濡れそぼっていることから明白だが。

「わ、わたしは……別にしたくないけど、健太がどうしてもしたいんだったら、仕方ないからさせてあげてもいいわよっ」

朱乃だけは、顔を真っ赤にしながらそんなことを言う。しかし、言葉とは裏腹に彼女の太股には蜜が筋を作っており、股間からこぼれ落ちた液で床にも小さな水たまりができている。少女の本心がどうなのかは、考えるまでもなく明らかだ。

もちろん、健太のほうも一発出した直後ながらも準備は万端で、もはや余計な駆け引きをする気さえ起きなかった。

「じゃあ、三人ともそこの鏡に向かって四つん這いになってよ」

と、健太は部室の隅に置かれている大きな姿見を指さした。

それは本来、写真のモデルが服装などをチェックするときに使うため、女子校時代の先輩部員が部費で買ったものらしい。ただ、写真部の活動自体がほとんどあってないようなものだったので、すっかり無用の長物と化していたのである。とはいえ、引き戸のドア一枚分に匹敵する大きさの鏡を処分するのは大変だし、なにかで使うかもしれないということで、部屋の隅にずっと置かれていたのだ。

少年の指示を受けた若宮義親子は、左から紫乃、真巳子、朱乃の順番で鏡の前で四つん這いになって、ヒップを突きだした。

レオタードに包まれた少女の引き締まった臀部、水着に包まれた女教師のふくよかなヒップライン。そして、スコートで上半分は隠れながら、アンスコとショーツを脱がされているため肝心な部分は丸見えになっている朱乃。

いずれも魅力的で、むしゃぶりつきたくなるくらいだ。

（けど、朱乃ちゃんはともかく、紫乃ちゃんと真巳子先生は、このままだとエッチしづらいな）

健太は、ローテーションで彼女たちに挿入するつもりだった。

だが、水着やレオタードを着たままでは、股間の部分が邪魔で挿入しづらい。かと言って、脱がしてしまうのも趣がない気がしてならない。

そこで健太は、一つの方法を思いついた。

「ねぇ、真巳子先生、紫乃ちゃん？　オマ×コのところの生地、切っちゃっていいかな？」

「んっ、いいわよぉ。この水着、どうせそろそろ買い換えるつもりだったし」

「あたしも、これは練習用だし、切っちゃっても別にいいよぉ」

少年の提案に、真巳子と紫乃が間延びした声で応じる。

二人の許可が出たので、健太は部室に元からあったハサミを取り出した。

そして、まず紫乃のレオタードを軽く引っ張って股間の部分の布を切ると、あらわになった下着を引きおろして足から抜いてしまう。

つづいて、真巳子の水着の股間部分を切り、インナーショーツを脱がして秘部を露出させる。

これで、三人ともそれぞれの競技のユニフォームを着用したまま下半身を丸出しにした状態になった。

健太は後ろからその光景をカメラに収めてから朱乃の背後に近づいた。

「えっ？　わ、わたしから？」

朱乃が、面食らったような声をあげる。

普通なら、一番左の紫乃からというのが自然な流れなので、意表を突かれて驚いたらしい。

「うん。こんなにオマ×コを濡らして、我慢できなさそうだったからね」

「なっ……ち、違っ……ひゃうううんっ！」

少年の指摘に、朱乃が反論しようとしたが、彼女がそれ以上なにか言うより先に、一物を割れ目に押しこんで言葉を封じる。

すでに、テニス部の少女のなかは健太のモノをすんなりと受け入れてくれるようになっていた。

奥まで挿れると、膣肉がうねって肉棒全体に絡みついてくるのが、はっきりと感じられる。

その感触に我慢できなくなって、健太はすぐに抽送をはじめた。

「あっ、あっ、やんっ！　ふはっ、ああーっ！　あひいっ、あんっ、あんっ……！」

ピストン運動に合わせて、朱乃が甘い声であえぐ。

（朱乃ちゃん、すごくエッチで可愛いなぁ）

姿見に映る少女の表情に、健太は腰を動かしながらつい見とれていた。

「お姉ちゃん、とっても気持ちよさそう」

「朱乃ちゃんも、こんなにエッチな顔をするようになったのねぇ」

紫乃と真巳子が、横からなんとも羨ましそうに言う。

「やっ、はっ、そんなことっ、ああっ、ないもんっ！　あううっ、気持ちよくっ、あっ、なんてぇ！　あんっ、はああっ……！」

「前を見てみなさい、朱乃ちゃん。鏡に映っている自分の顔を、ちゃんと見るの」

真巳子が、そんなことを言う。

その言葉で、朱乃が顔をあげた。すると、姿見に映る自分自身と目を合わせることになる。

「ああっ、こんな……はううっ、エッチな顔をぉぉ！　ああっ、見たくないっ！　ふあっ、イヤなのにぃ！　あふうっ、恥ずかしいのにぃ！　ひゃうっ、気持ちよくなってぇぇ！　あううっ、あっ、あっ……！」

と、朱乃は激しく頭を振りながらも、甘い声をあげつづけた。

どうやら、セックス中の自分の顔を見たことで、ますます興奮したらしい。

健太は、鏡に映っている彼女の魅惑的な表情を、腰を動かしながらノーマルモードでカメラに収めた。

ただ、カメラを手に持ったままピストン運動をつづけるというのは、さすがに難易度が高い行為と言わざるを得ない。

健太は、ひとしきり写真を撮ると、いったん動くのをやめてカメラを床に置いた。

同時に、できることならこのまま彼女を犯しつづけていたい、という気持ちが、健太のなかにこみあげてくる。

「ああ……健太くんのオチ×ポ、早く欲しいぃ」

「先輩、お姉ちゃんばっかり可愛がってないで、あたしたちにもしてよぉ」

こちらの心理を察したのか、少年の動きがとまったのを見計らったように、真巳子と紫乃が横から不満そうな声をあげた。

おかげで、ようやく自分がしたかったことを思い出す。

（そうだった。三人と、まとめてエッチしたかったんだっけ）

そこで健太は、後ろ髪を引かれる思いでいったん朱乃からペニスを抜いた。

すると、少女が「ふあっ」とやや残念そうな声をあげる。

それから、すぐ横の真巳子に挿入しようかと思ったが、今後のローテーションのしやすさを考えて、紫乃の背後まで移動する。

「次は、紫乃ちゃんの番だよ」

そう声をかけて、健太は一物を挿入した。

「ふあああ！　来たよぉ！　やっと、先輩のチン×ン、入ってきたぁぁ！」

レオタード姿の少女が、悦びの声をあげてペニスを迎え入れる。

奥までしっかり挿入し終えると、少年はすぐにピストン運動をはじめた。

「あんっ、あんっ、これっ！　はうっ、チン×ンっ、ああっ、気持ちよくてぇ！　ひゃううっ、好きぃ！　ああっ、エッチ、きゃうっ、好きっ！　あっ、あっ……！」

サイドテールを振り乱しながら、紫乃がそんなことを口走る。

彼女の蠱惑的な表情も、姿見でしっかりと確認できる。

「あらあら。紫乃ちゃん、その歳ですっかりエッチが好きになっちゃって。将来が、ちょっと心配だわぁ」

と、真巳子がからかうように言う。

「あふっ、いいもぉん！　あんっ、先輩だけっ、ああっ、あたしっ、ひゃうっ、先輩のチン×ンっ、あんっ、あればぁ！　ああっ、いいもぉん！　ふああっ……！」

義母の指摘に、紫乃が喘ぎながらも応じる。

「も、もう。紫乃まであんなに……ムカつくわねっ」

朱乃のそんな声も、聞こえてきた。

ただ、それが本当の怒りと言うより嫉妬のように感じられるのは、果たして健太のうぬぼれだろうか？

それからひとしきり抽送すると、少年は紫乃からペニスを抜いて、真巳子の背後に移動した。

そして、蜜を垂れ流している女教師の秘裂に、分身を挿入する。

「はあぁぁん！　やっと入ってきたのぉ！」

一物が入るなり、真巳子が甲高い悦びの声を張りあげた。

そうして奥まで挿れると、健太はすぐに荒々しいピストン運動に取りかかる。

「あっ、はううっ！　これっ、きゃううっ、気持ちいい！　あううんっ、健太くんのっ、ひゃふっ、オチ×ポぉぉ！　ああっ、やっぱりすごいぃぃ！　あふうっ、はっ、ああっ、あんっ……！」

真巳子も、抽送に合わせてそんなことを口走る。

人妻の女教師にここまで言わせることができると、男としての自信が持てるような気がする。

それに、鏡に映る彼女の表情からは、やはり朱乃や紫乃とは異なる大人の色香が漂ってきて、見ているだけで自然に興奮があおられる。

「ああ、義母さん……」

「ズルイよ、お義母さぁん」

こちらの興奮を察したのか、朱乃と紫乃が不満げな声をあげる。

そこで健太は、両手の指を少女たちの秘部に突き入れ、腰を振りながら指も動かしてみた。

「はううっ！　指ぃぃ！　ああっ、あんっ……！」

「ひうっ、健太くんっ、あんっ、あんっ……！」

「きゃひいっ、先輩のっ、ふあっ、あひいっ……！」

朱乃と真巳子と紫乃が、同時に喘ぎ声をこぼす。

その淫らなハーモニーと、結合部からこぼれ出るグチュグチュという音が、耳に心地よく響く。しかも、大きな姿見で三人の感じる姿を、バックからでも見ることができるのだ。

これで興奮しないことなど、絶対にあり得まい。

たっぷり三人を喘がせてから、健太は指とペニスを抜き、また朱乃の背後に移動した。そして、テニスウエア姿の少女に再び挿入する。

「はひいいん！　また来たのぉぉ！　ダメなのにっ、あああっ、よすぎるよぉぉ！」

朱乃はそんなことを言いながらも、一物をしっかりと受け入れる。

(くっ。オマ×コのなかって、やっぱり人によって違うんだな)

健太は、少女の感触を味わいながら、そんなことを思っていた。

朱乃の膣内は、壁全体が一物に絡みついてくるような感じが強い。

紫乃の膣壁の場合、ペニスを締めつけてくる感じだ。

真巳子の膣は、肉棒に吸いついてくるようで、ずっと挿れていると溶かされてしまうのではないかと錯覚しそうになる。

とはいえ、いずれも分身にえも言われぬ心地よさをもたらしてくれるため、甲乙はつけがたいのだが。

健太は、朱乃の膣の感触を味わってから、またペニスを抜いて紫乃の背後に移動した。そして、誘うようにヒクついている割れ目に、一物を挿入する。

「ふあああ！　チン×ン、また来たぁぁ！」

挿入と同時に、年下の少女が可愛らしい悦びの声をあげる。

そうして、締めつけてくる膣の感触を味わいながら奥まで肉棒を挿れると、健太はすぐにピストン運動をはじめた。

「あっ、あっ、あんっ！　はあっ、しゅごいぃぃ！　ああっ、ああっ……！」

たちまち紫乃は、甲高い喘ぎ声をこぼしながら少年の動きを受け入れた。

何度か腰を動かすと、健太はすぐに一物を抜き、真巳子の後ろに移動する。そして、分身を挿入する。

「ああーん！　オチ×ポ、入ってくるぅぅ！」

真巳子が、朱乃や紫乃では出せないような、なんとも艶めかしい声をあげながら、ペニスを受け入れてくれる。

そうして、健太は挿入を終えるとすぐに抽送をはじめた。

「あんっ、あんっ、やっぱりすごいわぁ！　ああっ、こんなっ、はああんっ、感じてぇぇ！　ひゃうっ、あっ、あふっ、はああっ……！」

（ああ、なんだかまだ夢を見ているみたいだ）

人妻の艶やかな喘ぎ声を聞きながら、健太はそんなことを思っていた。

少し前まで毛嫌いされていた若宮義親子が、今はこうして少年に貫かれて悦びの声をあげている。悪魔のカメラを入手するまでは、妄想したことはあっても実現できるとは微塵も思っていなかったことだ。

そうして、人妻女教師の膣の感触と喘ぎ声をひとしきり味わってから、また朱乃に挿入する。

さらに健太は、ローテーションで三人の膣をひたすら堪能した。

何度かそれを繰りかえしていると、間もなく射精感がこみあげてきた。

「はあっ、ああっ……わたしっ、もうぅっ！」

「ふああっ、あたしもっ、あああっ……！」

「んはあっ！　わたしもっ、そろそろぉ！」

朱乃と紫乃と真巳子も、少年の挿入と抽送に合わせて切羽つまった声をあげる。どうやら、彼女たちも限界が近いようだ。

そこで健太は、紫乃に挿入すると、腰をつかんで強く引き寄せて、肉棒の先端を思いきり奥へと押しこんだ。すると、子宮口の奥まで先端部が入りこむ感触がもたらされる。

「はひいいいぃぃぃぃ！　しゅごいのっ、きらぁぁぁ！　あひいいいぃぃぃぃぃん!!」

レオタード姿の少女は、大きく身体をのけ反らせて絶叫しながら、身体を激しく痙攣させた。

それを見ながら健太は一物を抜き、突っ伏した紫乃を横目に、真巳子にペニスを挿入した。そして、こちらもまた子宮の奥へと分身を強く押しこむ。

「ひぐうううっ！　奥まれぇぇぇ！　はあああぁぁぁぁぁぁぁぁぁぁん!!」

人妻女教師も、背を大きく反らしながら絶叫し、全身を強張らせる。

それとともに、吸いつくような感触の膣壁が大きく蠢いて、射精をうながしてくる。

（くうっ。もうちょっと我慢だ）

ギリギリのところでなんとかこらえて、健太はペニスを抜いた。そして、朱乃に思いきり挿入する。

「あはあぁぁぁ！　も、もうダメぇぇ！　イクッ！　ああっ、わたしぃぃ！　イッちゃうよぉぉぉぉぉぉぉぉぉぉ!!」

クラスメイトの少女も、天を仰ぎ見るように身体をのけ反らせ、絶頂の声を部室内に響かせた。

同時に、膣肉が激しく収縮して少年の分身に妖しい刺激をもたらす。

「ううっ。もうダメだ!」

射精感を抑えられなくなり、健太はそう呻くなり一物を抜いた。

途端に我慢の限界に達して、少年はそれぞれの競技のユニフォームを着た三人に、白濁液を降りかけた。

「ふああ……かかってるぅ」

「ああ。熱いの、いっぱぁい」

「はうう……すごいよぉ」

朱乃と真巳子と紫乃が、白濁のシャワーを下半身に浴びながら、そんな陶酔しきった声をもらす。

そうして、若宮義親子の背中からヒップがスペルマで汚れていくと、まるでマーキングしているような気がしてならない。

そのなんとも扇情的な光景に、健太は自分のなかに新たな興奮が湧きあがってくるのを感じていた。

3 校内処女独占

「ペロペロ……」

「レロ、レロ……」

「チロロ……んっ、ちゅぱ……」

「ピチャ、ピチャ……」

「ああ……四人とも、すごく気持ちいいよ」

もたらされる快感と、四つの淫らな音に酔いしれながら、全裸で生徒会長の椅子に腰かけている健太は、そう口走っていた。

今、生徒会長の詩音と書記の美桜が下着姿で少年の前にひざまずき、股間のいきり立った勃起に奉仕をしている。そして、副会長の碧衣と会計の千秋は健太の胸を舐め、時折り唇を重ねてくる。

その心地よさを味わいながら、手にしたリモコンボタンを押す。すると、三脚に備えつけた悪魔のカメラのシャッターが切られて、生徒会役員たちによる奉仕の光景が撮影されていく。

メーカー不詳の悪魔のカメラだったが、幸運にも健太が前に持っていたカメラで使っていたリモコンが流用できた。おかげで、三脚を使って自分も含めた撮影が可能になったのである。これなら、手ぶれの心配もない。

こうして、生徒会役員たちの淫らな姿を撮影していると、こちらも激しく興奮してくるのを抑えられない。

「レロロ……オチ×ポ、お汁が出てきてぇ。もうすぐ、イキそうなのね？　ああ、早く精液をちょうだぁい。レロ、レロ……」

詩音が、なんとも嬉しそうに言って、奉仕にいちだんと熱をこめる。

真面目な人間ばかりの生徒会役員の女子たちだったが、今では健太に奉仕することが最優先事項の牝奴隷のようになっていた。

生徒会の仕事の多くは、会計と書記の男子に任せてもそれほど大きな問題はない。それに、全校生徒を支配下に置いた今、文化祭実行委員会などに生徒会長と副会長が出席せずに健太への奉仕を優先しても、文句を言う人間など皆無である。

ちなみに、彼女たちには生徒会室にいる間はずっと下着姿でいるように命じてあった。もちろん、書記と会計の男子を含む全校生徒には、そのことを気にもしないように命令を出してあるので、生徒会の女子メンバーの格好に疑問を抱く者もいない。

本来、生徒会長しか座れない席に腰かけて少女たちをはべらせていると、まるで自分が絶対的な権力を手にしたハーレム王にでもなったような気がしてならない。

すると、碧衣が少年の頬に手を当てて顔を自分のほうに向け、唇を押しつけてきた。

「んんっ……んじゅ……じゅぶぶ……」

副会長は、すぐに舌を口内に入れて、激しく舌を絡めだす。

二年生のなかでは、朱乃と人気を二分する少女に、こうして濃厚に舌を絡めるキスをされていると、なんとも言えない興奮を覚えてしまう。

同時に、射精感が一気にペニスの先端へとこみあげてきた。

「ぷはあっ。もう出る！」

碧衣の唇を振り払ってそう叫ぶなり、健太はこらえる間もなくスペルマを発射した。

「ひゃうう！　熱いの、出たぁぁ！」

「ああっ！　すごくいっぱぁぁい！」

顔に白濁液を浴びた詩音と美桜が、恍惚とした表情を浮かべて悦びの声をあげる。

「ああん。会長と美桜さんだけ、ズルイぃ」

「もう。わたしたちにも、精液をかけて欲しかったのにぃ」

射精が終わると、碧衣と千秋が不満げに文句を言ってきた。

「ゴメンゴメン。この次は二人にいっぱいあげるから、今日は勘弁してよ」

健太がそう言うと、二人の少女は「はーい」と声を揃えて応じる。

本来なら、碧衣と千秋にもつづけてフェラチオ奉仕させてもよかった。だが、今日は他の予定があるため時間があまりないのである。

まさにそのタイミングで、ドアをノックする音が聞こえた。

詩音が「どうぞ」と応じると、ドアが開いて三人の少女が入ってきた。

一人は新体操部のレオタード姿で、もう一人はバレーボール部のユニフォーム、最後の一人は陸上部のユニフォーム姿である。

新体操部の少女は二年生の長友遥《ながともはるか》といい、紫乃が入るまでは個人部門で新体操部のエースだった。紫乃よりもバストが大きく、ロングヘアということもあって近くで見ると年齢以上に大人びて見える。

バレー部の少女は二年生の谷口杏奈《たにぐちあんな》で、部のエースアタッカーを務めている。百七十七センチと健太よりも長身で、母方にロシア人の祖父を持つクォーターだけあって、日本人離れした目鼻立ちとなかなかの巨乳が目を惹く。真巳子には及んでいないが、それでも朱乃のサイズは超えているだろうから、充分に大きいと言える。

あいにく、バレー部は県大会四回戦が最高成績なので、エースアタッカーの少女も無名だが、この美貌に実力が伴っていれば、もっと話題になってもおかしくあるまい。

陸上部の少女は、一年生の山田千草《やまだちぐさ》である。彼女は、リスのような愛らしい容姿の持ち主で、しかも百五十センチと小柄ながらも、百メートル走で最速十三秒を切る足の速さを誇っていた。紫乃と同じくまだ一年生なので、これからの成長が期待される有望株だ。

そんな魅力的な三人の美少女を、健太は悪魔のカメラを使った命令で生徒会室に呼び出していたのである。

「やあ、来たね。それじゃあ、三人ともさっそく僕の前に来て、いつもしているみたいにオナニーをして見せてよ」

カメラを三脚から外した健太が命令を出すと、遥と杏奈と千草は素直に「はい」とうなずき、少年の前にやって来た。そして、その場にしゃがみこむと、ためらう様子もなくそれぞれのユニフォームの上から自分の身体に指を這わせだす。

新体操部の遥は足をM字に開き、レオタード越しに胸と股間を弄っていた。

「んはっ、あっ、あんっ……！」

紫乃より大人びた容姿の少女がレオタード姿で自慰に耽る姿は、それだけでなかなかそそるものがある。

「遥ちゃん、オナニーはどれくらいしているの？」

「あふっ、多くてぇ、んんっ、週に二回くらい……あんっ、いつもより、ふはっ、感じちゃうぅ……」

少年の質問に、遥が手を動かしながら答える。

「ちょっと少ないね。これからは、もっとオナニーをしよう。もちろん、そのときは僕のことを考えるんだよ。僕のことを思えば、とっても気持ちよくなれる。他の男のことなんて考えても、ちっとも気持ちよくならないからね」

「あふっ、わかりましたぁ、あんっ。はああっ、服部くんに見られて、んあっ、いるだけでぇ！　ひゃうっ、どんどんよく……ああっ、手がとまらないぃぃ！　ふあっ、あああっ……！」

レオタード姿の少女は、そんなことを言いながらますます手の動きを強めて、快感に没頭していく。

健太は、そんな遥の姿をひとしきり写真に収めてから、すぐ横のバレー部の少女に目を向けた。

「はううっ、あっ、あんっ、オッパイ、ふはっ、気持ちいぃぃぃ！」

背の大きな杏奈は、ユニフォームの上から豊満なバストを両手でわしづかみにして揉みながら、艶めかしく喘いでいた。どうやら彼女は、まず胸をしっかり愛撫するようだが、あのふくらみの大きさを考えれば当然かもしれない。

「杏奈ちゃんは、オナニーをどれくらいしてる？」

「ふあっ、週四回くらい……ああっ、してるぅ。んはっ、オッパイよくてっ、あんっ、癖になってるのぉ！　ああああっ、これぇ！」

そう言うなり、長身の少女はユニフォームをたくしあげてスポーツブラに包まれた大きなバストをあらわにした。そして、ブラジャーの内側に手を入れて、乳房を力いっぱい揉みだす。

「はううっ！　いいのぉ！　あんっ、服部に見られてぇ！　ふはっ、コーフンしちゃってるぅ！　ああんっ……！」

「すごくいいオッパイだね。あとで、触らせてもらうから、今はもっと自分で揉んで感じておくんだよ」

「はううっ、わかったぁ。あああああん！　あんっ、あふううっ……！」

と、杏奈も快感に没頭していく。

そんな長身の少女の淫らな姿も、健太はしっかりシャッターを切って記録した。

「ひゃうっ、オマ×コっ、あんっ、いいのぉ！」

杏奈のさらに横で自慰に耽っていた千草の甲高い声がして、そちらに目を向ける。

陸上部の少女は、すでにユニフォームとショートパンツの内側に手を突っこみ、自身のバストと性器をじかに弄っていた。

「千草ちゃん、ずいぶん積極的にオナニーするんだね？」

「あんっ、だってぇ！　ふあっ、気持ちいいのっ、あんっ、好きぃ！　ふああっ、こうするのっ、あううっ、好きなんだもぉん！　あひっ、ふああっ……！」

そう答えながら、千草はさらに手の動きを激しくする。

すでに、ショートパンツにまで蜜がこぼれて大きなシミを作っているが、彼女はそれを気にする様子もなかった。

　愛らしい容姿の割にオナニー好きというところは、なんとなく紫乃に似ているような気がする。

　健太は、そんなことを思いながら、小柄な少女の自慰姿もしっかりと撮影した。

「ああーんっ！　先輩に撮られるとっ、はううっ、もっとよくなるぅ！　ああっ、はうううんっ！」

　千草の声が、いちだんと甲高いものになった。

　もちろん、今は発情モードではなくノーマルモードで撮影している。

　しかし、健太は彼女たちに対して、「僕に写真を撮られると気持ちよくなる」という命令をあらかじめ与えていた。

　したがって、千草に限らず遥も杏奈も、こうしてシャッターを切るだけで勝手に昂っていくのである。

「あふっ、はううっ！　ああっ、あんっ、あんっ……！」

「ひゃううっ、オッパイぃぃ！　ああっ、はあああっ……！」

「ああーっ！　先輩っ、きゃふっ、これぇ！　ああんっ……！」

　いずれ劣らぬ三人のスポーツ美少女が、自慰に耽りながら甘い喘ぎ声をあげる姿を、健太は夢中になってカメラに収めた。

（我慢できなくなったから、会長たちに一発抜いてもらったけど、しておいてもらってよかったかも）

撮影しながら、ついついそんなことを思ってしまう。

本来、生徒会室はこのオナニーショーで使うだけのつもりだった。だが、下着姿の会長たちを見ていたら欲情して、ついつい奉仕させてしまったのである。

もっとも、それをせずにこの三人の自慰を見ていたら、興奮のあまり写真を撮ることも忘れて飛びかかっていたかもしれない。その意味では、怪我の功名だったと言うべきだろう。

なにしろ、今や学校内ではすべてが健太の思いのままなのである。このような環境になっていると、欲望を抑える気がまったく起きなかった。

若宮義親子はもちろんのこと、すでに生徒会の面々の処女もいただいているし、他に校内で評判の美少女たちとも肉体関係を結んでいる。当然、そうした面々のエッチな写真も撮影ずみだ。

遥と杏奈と千草は、健太が目をつけた撮影対象としては、ほぼ最後の面子と言っていい。

「あぁーん！　もう我慢できないぃぃぃ！」

ずっとバストを愛撫していた杏奈が、そう叫ぶなりついに股間に指を這わせた。しかし、もうショートパンツの上からなどという順番を吹っ飛ばし、いきなり内側に指を入れて激しくかきまわす。

「はっ、ああっ、あんっ！　あっ、あっ、いいぃぃ！　オマ×コぉぉ！　あんっ、ひううう……！」

長身の少女の喘ぎ声がさらに大きくなり、股間からグチュグチュと音が発生した。

「ひゃうっ、これぇ！　あんっ、あんっ、気持ちいいよぉ！」

「ひゃうううっ、あんっ、あああぁっ……！」

杏奈に感化されたのか、遥と千草もさらに激しく指を動かして、いっそう快感に耽っていく。

すでに、三人の股間からは大量の蜜が溢れだし、布地をはみ出して床にポタポタとこぼれ落ちている。それだけ、激しく感じているということだ。

ちなみに、彼女たちが全員処女なのは、あらかじめ確認してある。そんな汚れを知らない少女たちが、自慰の快感に浸っている姿は、なんとも言えずエロティックに見えてならない。

（三人ともイッたら、会長たちに手伝ってもらって、初めてをもらっちゃおうっと）

そんなことを考えながら、健太は絶頂に向かって指の動きを激しくて喘ぐ少女たちの姿を、夢中になって撮影するのだった。

4　文化祭エロ写真展

私立流桜館高校の文化祭は、伝統的に文化部の活動が低調なこともあって、毎年盛りあがりに欠いていた。とにかく、これといった売りがなくて来客が少ないため盛りあがらず、さらに翌年の来客が減る、という悪循環から抜け出せなくなってしまったのである。

そのため、一昨年からは「二日もやるのは無駄だから」と、土曜日の一日しか文化祭が行なわれていない。しかも、普通なら一日しかやらないのであれば日曜日に開催しそうなものだが、「月曜日を丸一日代替休日にするのは無駄」という学校側の方針で、土曜開催となったのである。

ただ、そのぶん文化祭はますます低調となり、さらに「保健所への届け出などが面倒」といった理由から、飲食系の模擬店を出すクラスや部活すらほとんどない有り様だった。これでは、せっかく訪れてくれた客も充分に楽しむことはできまい。

そんななか、男子生徒たちをはじめ、数少ない男性客が殺到して異様な盛りあがりを見せているところがあった。他ならぬ、写真部の展示スペースに当てられた教室である。

「うわー、スゲー。あの朱乃さんが、あんな格好をしてるよ」

「紫乃ちゃんって、こんなエッチな顔をするんだ。可愛いなー」

「若宮先生のオッパイ、マジでスゲーでかい！」

「生徒会長も、あんなに色っぽい顔ができるんだなぁ」

「うああっ、碧衣ちゃんがスゲー格好にぃ！」

「あの子、メッチャいやらしい顔してるなぁ」

といった、男子たちの興奮しきった声が廊下まで聞こえてくる。

(写真の評判は、上々だな。もちろん、選りすぐりのエッチな写真を展示したんだから、当然の反応だけど)

廊下に設けた受付スペースに座っている健太は、下半身からの快感に浸りながら、そんなことを思って口もとがほころぶのを抑えられずにいた。

生徒会はもちろん教職員も支配しているので、写真部の廃部の方針などいつでも撤回させることができた。それでも健太は、あえて今回、校舎の隅の教室を使って展示会を開くことにしたのである。

そして、少年がそこに展示したのは、若宮義親子をはじめとする学校でも評判の美女・美少女たちの、あられもない姿を撮影した写真だった。

扇情的なポーズはもちろんだが、自慰姿やハメ撮りした姿なども、もちろんそのなかには含まれている。当然、セックスの写真は無修正である。

悪魔のカメラで全校を支配していなかったら、展示が許されないどころか、法律に触れて警察沙汰になっただろう。それくらい過激なものが、展示の半数を占めていた。

ただ、特に流桜館高校の男子生徒たちは、日頃から圧倒的多数の女子のなかで肩身の狭い思いをしてきた。それだけに、生徒会長をはじめとする女子たちの淫らな姿を見て、鬱憤を晴らしつつ激しい興奮も覚えているのに違いあるまい。

間もなく、男子生徒の何人かが、股間を押さえながら出口から出てきた。そして、一目散にトイレのほうに向かって走っていく。

彼らがなにをしに行くのかは、容易に想像がつく。

開場からそろそろ二時間になるが、この間にいったい何度、同じ光景を見たことだろう？

「ピチャ、ピチャ……もう。なにをニヤついてんのよ？」

そんな朱乃の声が、足下から聞こえてくる。

「いや、なかの写真でメインのモデルになっている三人が、実はすぐ近くでこんなことをしていると思うと、なんだか面白くてさ」

健太は、小声で応じていた。

受付の長机にはカバーを掛けてあり、下が見えないようになっている。そして、机の下にはスーツ姿の真巳子を中心に、制服姿の朱乃と紫乃が隠れるように入っていて、下半身をあらわにした少年の一物に、競うように奉仕していた。

いくら長机とはいえ、さすがに三人も入るとかなり窮屈そうだった。しかし、そのぶん義親子は仲よく密着し合っている。

もちろん、彼女たちにも室内の声は聞こえているはずだ。果たして、三人はどんな思いで男子たちの声を聞いているのだろうか？

そんなことを思っていると、私服の男性客が向こうからやってくるのが見えた。

見た感じ、自分と大して年齢が変わらなさそうなので、おそらく生徒の誰かの友人だろう。

「おっと、お客が来た。三人とも、静かにね」

そう小声で注意すると、若宮義親子の奉仕が弱まり、下半身からの快感も和らぐ。

「ここって、写真部？　なんか、スゲー盛りあがっているけど？」

なにも知らない客が、健太にそう問いかけてきた。これだけでも、彼がまだ悪魔のカメラの支配を受けていないのは明らかである。

「あっ、はい。とりあえず、なかに入る前にサービスで一枚撮りますよ」

そう言うと、健太は相手の返事も待たずに悪魔のカメラを構えて、支配モードで撮影した。

そして、すぐに男性客の画像を表示して、カメラに念じて命令を与える。

感想は

すると、客は一時的に惚けた表情を見せたが、すぐに「それじゃ」と言って教室に入っていった。

「んもう。あんな写真を、みんなに見られて……本当に、大丈夫なんでしょうね？」

と、朱乃がまた小声で不安げに聞いてくる。

「大丈夫だって。悪魔のカメラの力は、それだけすごいんだから。それに、僕だって写真に撮ったみんなを貶めるつもりはないよ」

健太は、少女に向かってそう小声で応じた。

実際、今の男性客にも「なかの写真をケータイなどのカメラで撮ったり、見たことをネットに書きこんだり、学校外の人間に教えてはいけない。また、学校を出た瞬間に写真のことをすべて忘れること」と命じてある。

それに、彼らには女の子の艶姿しか気にならないようにも命じてあった。したがって、少女たちとセックスをしているのが誰なのか、ということは写真を見ても誰も気にしないのである。

こうしておけば、写真のモデルがあとで恥ずかしい思いをすることはあるまい。

健太は、写真部の展示を観に来た全員に対して、同じような命令を与えていた。

アマチュアとはいえカメラマンの端くれとして、自信のある写真を人に見てもらいたいという気持ちはある。とはいえ、撮影対象の女の子たちを貶めたり、心を傷つけたりする気もなかった。

　その点、こうして観客に学校から出るか文化祭が終わったら展示内容のことを忘れる命令を与えておけば、写真を見てもらえるうえに誰も傷つくことはない。

　また、見た内容を外部にもらすことを禁じたのは、そうした配慮だけでなく無用な干渉を防ぐ意味もあった。

　もちろん、悪魔のカメラがあれば、たとえ警察が来ても追いかえすことなど造作もない。だが、ネット社会の現在、余計な波風を立てると支配する人間が際限なく増えていき、やがて収拾がつかなくなる恐れがあった。防げることであれば、最初から対策を取っておくに限る。

　写真を発表したいという自身の欲望と、モデルになった女性たちへの配慮という二つのバランスを取るには、これがベストの方法だろう。

　そんなことを思いながら、健太はノートに「正」の字の線を一本追加した。すでに、のべの来訪者数は百人を優に超えている。流桜館高校の文化祭で、たった二時間で一つの部の展示にこれだけの人が来るというのは、近年ではなかったことではないだろうか？

「ところで、真巳子先生？　後夜祭のほうは大丈夫？」

「んむ、んむ……ふああ。ええ。健太くんに言われた通り、女の子たちを選抜しておいたわ。ふふっ」

と、ペニスから口を離した真巳子が、妖艶な笑みを浮かべる。

もちろん、流桜館高校の文化祭に本来は後夜祭などない。しかし、健太は自分のためだけの特別後夜祭を開くよう、文化祭実行委員や生徒会役員、それに教師たちに命じていた。

当然のことながら、普通の後夜祭などするつもりはないし、美少女以外の生徒にも用はないので、真巳子に頼んで参加者をあらかじめ絞りこんである。

また、参加メンバーには部活や友人同士の単位で、エッチな出し物を披露してもらうことにしていた。

「健太先輩の後夜祭かぁ。ねえ、あたしたちも参加できるんだよね？」

紫乃が、目を輝かせながら聞いてくる。

「もちろんだよ。朱乃ちゃんと一緒に、参加してもらうからね」

「なっ……わたしも出るの？」

健太の言葉に、朱乃が目を丸くして驚きの声をあげる。

「当然でしょ、お姉ちゃん。えへっ、あたしたちがなにをするか、楽しみにしていてね、先輩」

と言って、紫乃が満面の笑みを浮かべる。

どうやら、彼女には姉と一緒になにかする計画があるようだ。

「わかったよ。楽しみだなぁ」

「もうっ。なんでわたしまで……」

そう文句を言いながら、朱乃の表情がなんとなく嬉しそうに見えるのは、健太の気のせいだろうか？

すると、また向こうから私服姿の見慣れない男子がやってくるのが見えた。

どうやら、写真部の評判を聞きつけてやって来たらしい。

「また新しいお客さんだ。三人とも、ちょっとおとなしくしていてよ」

と小声で言って、健太は再び悪魔のカメラを準備した。

エンディング　腹ボテ&卒業記念写真！

まだ寒さが残る、早春の頃。私立流桜館高校の正門前には、「卒業式」と書かれた大きな看板が置かれていた。

卒業式と、そのあとの卒業生と在校生が入り混じった記念撮影や別れを惜しむやり取りも終わり、今はもう校門前に立っているのは、卒業証書の筒と悪魔のカメラを手にした健太だけである。

「このカメラを手に入れて、一年半か……なんだか、あっという間だったなぁ」

ついつい、そんなことを独りごちてしまう。

全校生徒をカメラで支配した少年は、めぼしい美少女たちと次々に関係を持った。

今年度の入学式でも、健太は生徒会長となった佐橋碧衣の便宜によって、その日のうちに新入生たちを悪魔のカメラで催眠支配した。そして一年間、可愛い女の子を見繕ってはさまざまなエッチな写真を撮り、さらに全員の処女をいただいたりしていたのである。

もちろん、文化祭でもまたエロス三昧の写真の展示会を開いたし、特別後夜祭も堪能した。

授業そっちのけでそんなことばかりやっていたため、もともとあまり振るわなかった学業成績はいささか問題のあるレベルまで落ちてしまった。しかし、悪魔のカメラで全校を支配している以上、赤点を取ろうがもはや関係ない。

両親に対しても、悪魔のカメラを使えば、息子のテストのことや進路のことを気にせず、なにをやっていても信用するように思考を操るくらい朝飯前である。

とはいえ、さすがに自分の卒業式くらいは一応ちゃんとしようと考えた健太は、この件に関しては生徒会や教職員への命令を出さなかった。そのため、卒業式はごくごく普通の形で執り行われたのだった。

もっとも、このあとにお楽しみは用意してあるのだが。

そんなことを考えていると、「先輩、お待たせ～」という紫乃の声が聞こえてきて、健太は我にかえってそちらに目をやる。

すると、卒業証書を入れた筒を持った朱乃が、真巳子と紫乃とともにやって来るところだった。

ただ、制服姿の朱乃のお腹はうっすらとふくらんでおり、正面から見てもそこに新しい命が宿っているのは明らかだ。

また、その横にいる真巳子のお腹も、かなりふくらみを増している。

「もうっ。義母さんはともかく、わたしはこのお腹で人前に出るの、すごく恥ずかしかったんだからねっ」

少年の姿を見るなり、朱乃が目を吊りあげて文句を言う。

実際、朱乃が卒業証書を受け取るため壇上にあがったとき、父兄の間から大きなどよめきが起きた。

なにしろ、彼女は昨年度と今年度、二年連続テニスで夏の全国大会出場を果たした有名人である。結果は三回戦負けだったが、学校設立以来初となる全国大会出場を二年連続で果たしたのだから、学校関係者の間では顔も名前もよく知られている。そんな人間のお腹が、卒業式の段階でポッコリしていれば、驚かれるのは当然だろう。

「そうは言われても、さすがにあの数の父兄を全員支配するのは、物理的に無理だったんだよ」

と、健太は頭をかいていた。

悪魔のカメラによる支配がいくら絶大とはいえ、その場にいない人間までは支配できない。また、父兄も時間通りに揃うとは限らないし、壇上などからまとめて撮るにしても、身長の大小で頭が写らずに支配できない人間が出てくる可能性はある。その場合、異変に気づかれて面倒なことになりかねない。

さまざまなリスクを考えると、朱乃にはちょっと恥ずかしい思いをしてもらっても、卒業生の父兄は支配せずにおくのが一番だった、と言えるだろう。

「だったら、そもそも妊娠なんてさせるんじゃないわよ、馬鹿っ。ホンット、迷惑なことばっかりして！」

顔を真っ赤にしながら、朱乃がそんなことを言う。

「まったく、またそんなこと言っちゃって。先輩、お姉ちゃんってば、子供ができたとき、すっごく嬉しそうだったんだよ。それに、お腹を撫でているときも、いつもとっても幸せそうな顔をしているんだからぁ」

と、紫乃が横から口を挟んでくる。

彼女は、制服を着ていると一年半前とあまり変化がないように見えた。だが、レオタードになると、以前より体つきがかなり大人びてきたことがわかる。

「なっ……もうっ、紫乃ってば、変なこと言わないでよ！　ち、違うんだからね！　妊娠は迷惑だけど、できちゃったお腹の子は可愛いから……母親として、それは当然なんだからっ。ねえ、義母さん？　そうよね？」

妹の指摘に対し、朱乃があわてふためいた様子で真巳子に話を振る。

「そうねぇ。確かに、お腹の子は愛おしいし、気持ちはわかるわよ。だけど、やっぱり誰が父親かによっても違うんじゃないかしら？」

と、女教師が自分のお腹を撫でながら、からかうように答えた。

「ううっ、義母さんまで。もうっ、知らないっ」

そう言って、朱乃は顔を赤くしたままそっぽを向いてしまう。

（やれやれ。朱乃ちゃんのこういうところは、前からちっとも変わらないな）

健太は、心のなかで肩をすくめていた。

もちろん、この少女の心を支配して素直にすることは簡単である。しかし、彼女はこうして反発するような言動を見せながらも、こちらの要求には従ってくれていた。

こういう態度のギャップが面白くて、ついついずっとそのままにしていたのである。

ちなみに、妊娠した時点で朱乃は大学進学を諦め、卒業後は家事手伝いをしながら出産の準備をすることになっている。そのあとのことは未定だが、悪魔のカメラで全校を支配しているのだから、彼女をテニス部のコーチとして雇わせたりすることも充分に可能だろう。

「まぁ、朱乃ちゃんはもちろんだけど、わたしもやっと子供を授かれて、本当に嬉しいわ。一度に母親とお祖母ちゃんになってしまうのは、さすがにちょっと複雑な気持ちだけど」

真巳子が、笑みを浮かべながらそんなことを言う。

この女教師に関しては、待望の妊娠ではあったが、もちろん父親は夫の恒一ではないのは明らかである。もっとも、今の彼女はそのことをまったく気にしておらず、むしろ「健太くんとの子供ができて嬉しい」と言っているほどだ。

それに、恒一のこともとっくに悪魔のカメラで支配していた。そのため、彼は妻と長女のダブル妊娠について、なんの疑問も抱いていないどころか、「子供と孫が同時にできた」と心から喜んでいる。

また、真巳子が指導している水泳部は、念願叶って昨夏の全国大会に百メートル自由形の選手が出場した。結果は振るわなかったが、県予選の壁を突破できたことで今後に期待が持てるだろう。

もちろん、いくら待望の妊娠をしたと言っても、彼女もここで顧問や教師を辞める気はないらしい。なにしろ、数年越しの指導者としての夢がようやく叶ったばかりだし、来年度はもっと優秀な選手が入ってくる見込みだ。ここで辞めてしまうなど、どう考えても選択肢としてあり得まい。

「じゃあさ、せっかくだし卒業式の看板のところで記念写真を撮ろうよ。みんな、スカートをめくってVサインして」

人気がないのを確認して、健太がそう指示を出すと、真巳子と紫乃はすぐに「はい」と応じた。そして、ためらう様子もなく自分のスカートをたくしあげる。

「ちょっ……わたしは今……ああ、もうっ。こんなところでっ」

命令に逆らえないせいなのか、それともヤケクソになっているのか、朱乃は怒りの表情を浮かべながらもスカートをめくりあげ、ピースサインをする。

彼女たちは、スカートの下になにも穿いておらず、こうすると秘部が丸見えである。

「おおっ。すごくエッチだ。いい卒業記念写真になりそうだよ。じゃあ、撮るね」

そう言って、健太はカメラを構えると、ノーマルモードで三人を撮影した。

この魅力的な三人を独占し、しかも内二人のお腹に新しい命が宿っているという事実に、あらためて興奮を禁じ得ない。

「うわぁ。健太先輩のチン×ン、すごくおっきくなってるぅ」

「あら、本当。あれじゃあ、謝恩会まで我慢できなさそうねぇ?」

紫乃と真巳子が、そんな指摘をしてくる。

実際、健太の股間のモノは、ズボンでも隠しきれないくらいに勃起していた。このあと、卒業生のなかから選びだした女子たちに若宮義親子を加えた「謝恩会」が控えているのだが、女教師の指摘通りそこまで我慢できそうにない。

「も、もう……ちょっと、こっち来なさいよっ」

と言って、朱乃がスカートを下ろして少年の手を取った。

そうして、健太は少女に引っ張られるようにして、昇降口に連れこまれた。もちろん、真巳子と紫乃も一緒についてきている。

「まったく……オチン×ンがこんなに……健太ってば、心底いやらしいんだからっ。ホント、エッチで困ったパパよねぇ？」

自分のお腹に手を当ててそう言いながら、朱乃が卒業証書の筒を傍らに置き、少年の前にひざまずいた。ただ、責めるような口ぶりの割に、表情がやけに楽しそうに見えるのは気のせいではあるまい。

「あらあら。こんなところで、自分からオチ×ポに奉仕しようとするなんて、朱乃ちゃんも本当にエッチになったわねぇ」

「あたしだって、先輩にいっぱい気持ちよくなってもらいたいんだよっ。お姉ちゃんには、負けないんだからっ」

真巳子と紫乃も、そう言いながら朱乃の両脇に並び、三人でファスナーを開けてペニスを取り出す。

そして義親子たちは、いっせいに舌を這わせてきた。

「ううっ。気持ちいいよっ」

相変わらずの快感に、健太はそんな呻き声をあげていた。

それに、卒業式当日の意表を突いた奉仕ということもあって、いつもとは少し違って感じられる。

「レロレロ……ねえ、先輩？　先輩は、これからも学校に来るんだよね？」

「うん。もちろん、そのつもりだよ」

奉仕を中断した紫乃の問いかけに、健太はそう応じていた。

せっかく、悪魔のカメラで学校全体を支配したのである。卒業したからと、この最高の環境をみすみす手放す気など毛頭なかった。

だいたい、カメラに念じれば卒業した少年の出入りに文句をつけられることはないのだ。遠慮する必要など、どこにもあるまい。

それに、もしも外部からなにか言われても、ごまかす手はいくらでもある。

また、四月に入ってくる新入生や新任教師についても、入ってきた当日に支配してしまえば問題ない。そうしたことも、校長や生徒会長を支配していれば造作もないことである。

「じゃあさ、夏の大会が終わったら、いっぱいエッチしてあたしも孕ませてねっ」

と、少女が甘えるように言う。

「紫乃ちゃん、新体操をやめちゃうの？」

「うん。今年も全国に出られるようにがんばるけど、さすがに体重の管理もかなり大変でさ。自分の限界も見えたし、そろそろいいかなって」

健太の問いに、年下の少女は吹っきれたような笑みを浮かべながら答えた。

紫乃は二年生の今年度、姉と揃って夏の全国大会に出場した。しかし、全中大会では十位に入った少女も、ベストの演技を見せたものの上位には食いこめず、中学と高校のレベルの差を思い知ることになったのである。

そのため、どうやら高校最後の夏の大会で、競技生活にピリオドを打つことにしたようだ。

「ピチャピチャ……ちょっと、紫乃⁉　健太、まさかとは思うけど、本気で紫乃まで妊娠させる気じゃないでしょうね？」

健太が口を開くよりも先に、お腹の大きな少女が行為を中断して口を挟んできた。

「もうっ。お義母さんとお姉ちゃんが先輩の子を孕んだのに、あたしだけのけ者なんてズルイよ。あたしも、先輩の子を産みたいのっ」

「ズルイって……そういう問題じゃないでしょ？　健太？　あんた、カメラを使って紫乃に望ませているんじゃないでしょうね？」

朱乃が、今度は少年に食ってかかる。

「いやいや。僕、そんなことはしてないって」

実際、健太は年下の少女に対し、妊娠絡みの命令はいっさい与えていなかった。こうして孕ませてもらうことを望んでいるのは、正真正銘、紫乃自身の意思である。

「まったく……とにかく、責任はちゃんと取りなさいよね！　いい加減なことをしたら、絶対に許さないんだから！　レロ、レロ……」

諦めたのか、朱乃はキツイ口調で言いながら、奉仕を再開した。

もちろん、少年としても朱乃たちに対する責任は重々承知しているし、記憶を消すなどして逃げる気もなかった。とはいえ、せっかく悪魔のカメラという素晴らしいアイテムがあるのだから、当分は思うがままの人生を楽しみたい。

そんなことを思いながら、健太は三枚の舌によって分身からもたらされる快感に身を委ねつつ、若宮義親子に向かって悪魔のカメラを構えるのだった。

＊

私立流桜館高校の校門前には、黒マントを羽織り、ずだ袋をたすき掛けにした老婆が立っていた。

「ふむ、あやつはカメラを存分に活用しとるようじゃな。まぁ、本来なら露出性癖に近いものを持っておるあの娘の手助けになれば、と思っておったのじゃが」

昇降口のほうを見ながら、老婆が独りごちるように言う。

今から二年近く前になるが、老婆は新体操をやっている少女と出会った。そして、実はナイーブで緊張しやすいのに、カメラのレンズを向けられると性的な興奮を覚える悩みについて、打ち明けられたのである。

その性癖のせいで、彼女は大会の県予選で大きなミスをしてしまい、周囲の期待に応えられなかったらしい。

少女の悩みを直接、解消する術は老婆も持ち合わせていなかった。だが、間接的ならばどうにかできるかもしれない。

そう考えて、同じ学校に通う写真部員の少年に白羽の矢を立てて、彼が「悪魔のカメラ」と名付けたカメラを受け取るように仕向けたのだった。

少年の奇妙な星のめぐりで起きる女難の相の力を吸収することで、あのカメラは最大の能力を発揮することができるのである。

結果、少女の悩みは狙い通りに解消されて、大会でちゃんと実力を発揮できるようになったようだ。

それはそれでよかったと思うが、あの少年が学校を丸々支配してしまうというのは、さすがに想定外と言うしかなかった。しかも、どうやら学校の卒業後も支配をつづけるつもりらしい。

「まったく、若者の欲望というものは際限がないものじゃ。とはいえ、あやつはこの先どうするつもりなんじゃろうなぁ？」

そうつぶやいて、老婆は闇のなかへと消えていった。

えすかれ
美少女文庫
FRANCE SHOIN

悪魔《あくま》のカメラで催眠《さいみん》支配《しはい》！
ツンツン同級生《どうきゅうせい》も新体操《しんたいそう》部《ぶ》も先生《せんせい》も

著者／河里一伸（かわざと・かずのぶ）
挿絵／有末つかさ（ありすえ・つかさ）

発行所／株式会社フランス書院
〒102-0072　東京都千代田区飯田橋 3- 3 -1
電話（営業）03-5226-5744
（編集）03-5226-5741
URL http://www.bishojobunko.jp

印刷／誠宏印刷
製本／宮田製本

ISBN978-4-8296-6310-3 C0193